Chara

駆け引きのルール

要人警護3

月こお

キャラ文庫

この作品はフィクションです。
実在の人物・団体・事件などにはいっさい関係ありません。

目次

駆け引きのルール

口絵・本文イラスト／緋色れーいち

外交手腕

古今東西・場合を問わず、戦いの勝敗は情報量の多少でおおかたの趨勢《すうせい》が決まる。当然のことだ。敵対する相手について正確かつ豊富な情報を持っているほど、屈服させるのに必要な手だてを的確に準備できるというもので、その公式は、平和的な交渉の場でも武力を行使した戦場でもひとしく当てはまる。

むろん、手にした情報を生かすだけの力量を持っているかどうかや、運・不運に類するような偶発的な事態にどの程度対処できるかといった、いわば乱数にあたる事がらが大きく働く場合もある。だが情報の精度が充分に高ければ、判断ミスや予測し得なかった事態に陥る可能性は、まさしく「運が悪かった」としか言いようのない最低限の確率に抑えられるだろう。

そうした、戦いの前に戦いの結果を決めてしまおうという情報戦の分野は、四二・一九五キロを自分の足で駆け抜いたマラトンの戦いの伝令や、伝書鳩の発祥といったあたりから始まる、必要が生んだ日進月歩の技術革新を経てきている。口伝えや文書の手渡しから、モールス信号を使った電信、音声を直接伝える電話、さらに無線通話と発達してきた情報伝達技術は、現在はＩＴ技術のめざましい進展により、一昔前ならば想像力の絵空事であったようなことが、次々と現実化している。

たとえば、アッジール王が率いる美晴《みはる》達のチームに「政府軍が出動した」という情報をもたらしたのは、人工衛星に装備された監視カメラの働きだった。はるか上空から撮られた精密な映像情報は、最新の通信システムによってほぼ瞬時にＮＡＳＡ（アメリカ航空宇宙局）からペンタゴン（アメリカ国防総省）へ、ペンタゴンから現地の通信係へと伝達された。

現地チームの一員である立花《たちばな》美晴が、シグナルに呼ばれてキャッチボタンを押したイヤホン付きの携帯無線機で、

《クーデター政府軍の機動部隊がこちらへ向かっている》

というオープンレンジによる連絡を受け取ったのは、くだんの出動部隊の最後尾が基地のゲートを出るか出ないかといったタイミングだった。

《ついに来たか》

という誰かのつぶやきにかぶって、

《部隊の規模は？》

との質問で応答したのは、アッジール王の近衛《このえ》隊長グスタマ・ジャヒールの声。

《装甲車十両、人員輸送トラック二十台、武装ジープ五台》

《一個大隊か。ヘリは？》

《いまのところ確認できません》

美晴はそれらを表情は動かさずに聞き取った。目の前にはアッジール王だけではなく、この屋敷の主人でアッジール王の交渉相手、かつ人質でもあるサバッハ・ハジシ老人がいる。彼に、

立場が逆転しつつあることを悟られてはならない。

中背のスリムな体躯《たいく》にSP（セキュリティー・ポリス）仕様のブラックスーツを着込んで立っている美晴は、身じろぎもしない立ち姿と無表情な美貌《びぼう》が相まって、一見マネキン人形のように見える。だが見る者が見れば、彼の自然体は、事があれば瞬時に即応できるだけの訓練を積んだ、プロの警護官のものだとわかるだろう。

美晴達とおなじく、ケフィイエ（かぶり布）の下の耳には無線機を装着しているアッジール王が、膝《ひざ》の上に置いた手の指先で小さくサインを送ってきた。

〈撤収《てっしゅう》する〉

合図を見て取るや、美晴はさりげなく立ち位置を離れて部屋を出た。

廊下で立哨《りっしょう》を務めていたアッリーとうなずきを交わし、すばやくあたりを確認すると、ピンマイクに向かって小声で連絡を告げた。

『キングより指令。撤収する』

《了解。ただちに車両を準備する》

と答えてきたジャヒール隊長の、

《現況は》

という状況確認の問いに、

『キングはターゲットと会談中』

と返しつつ、出てきた部屋の向かいの小部屋に入った。仮眠所に接収してある場所だ。

《『虎の皮』作戦で行く》

とのジャヒールからの申し渡しに、

『イエッサー』

と答えて、絨緞《じゅうたん》敷きの床で毛布をかぶって眠っている西條剛志《さいじょうごうし》のかたわらに膝をついた。

美晴とは警視庁SP隊の同僚である剛志は、機動隊上がりの二十五歳。たくましい長身はこの二か月間のハードなゲリラ生活で完全に贅肉《ぜいにく》をそぎ落とされ、赤銅《しゃくどう》色に日焼けした上にアラブ風にひげを伸ばしている顔も、ずいぶんと精悍《せいかん》さが増した。いや、男としての面構えができてきたと言うべきかもしれない。

乾いた汗の匂いをさせている肩に手を置いて、

「西條、起きろ」

と揺り起こした。

「はいっ?」

と目を開けた剛志に、「しっ」と唇の前に指を立てて見せてささやいた。

「政府軍がこちらへ向かっている。ただちに撤収準備を」

「やれやれ、ついに来ましたか」

ぶつくさという調子でぼやいた剛志だったが、むくりと起き上がった目つき顔つきはキリッと冴《さ》えさせていて、十秒前まで熟睡していたようには見えない。

数日前に、激務の疲れでキレて美晴を襲うという失態をやった剛志は、強制的な手段で丸一日眠らされての休養が功を奏し、いまは美晴よりずっと元気だ。

「それで作戦は？」

「『虎の皮』だ」

「げっ。いえ、了解」

「五分後に入れ替わるぞ」

「アイサー」

したくを始めた剛志と腕時計のデジタル表示を確認し合って、美晴はアッジールのもとに戻った。出てきた時とおなじさりげなさで、会談中の二人を見守るガード位置に戻って、準備を終えた剛志からの連絡を待った。

アッジールは相変わらずくつろいだ顔で、アルギーレ（水煙草《みずたばこ》）をふかしながら、サバッハ翁《おう》とのアラビア語での会話に興じている。もっとも話題は、彼らの話し合いの本題とは程遠い、ラクシュナとやらいう翁の自慢の白ラクダのことだが。

押しも押されもしない王者の威厳をまとったアッジールの横顔を、眺めるともなく眺めながら、美晴はふと、もう彼に抱かれることはない運命らしいなと考えた。

立花美晴は警視庁警護課のＳＰ、すなわち要人の警護を任務とする警察官である。それが日本からは遠いアラビア半島でのゲリラ行動に参加しているのは、いま現在の美晴は外務省に出向している立場だからだ。

出向による目下の身分は、日本政府派遣の『特命外交官』。その任務は、アッジール王の政権奪還を支援し、彼が名実ともに王位に返り咲くのを見届けることである。

アッジール・モハンムド・イシュタバールと美晴の出会いは、彼が父王の外務大臣として日本を訪れた半年前。彼を警護する日本側チームの一員として面識を得たのが最初だ。たがいにそれとなく一目惚《ぼ》れをしたような格好で、誘われるままに彼の旅先でのアバンチュールに応じ、二度とすることはあるまいと思っていた恋に落ちた。

アッジールの帰国日を期限とした灼熱《しゃくねつ》の恋は、手痛い失恋経験に深く傷ついていた美晴の心を癒《いや》してくれたが、そもそもそれはつかの間の魂の触れ合いに終わるはずのもので、少なくとも美晴は完全に思いあきらめていた。

ところが運命の神は、別のシナリオを用意していたのだ。

外相としてイギリス訪問中に引き起こされた軍事クーデターによって、アッジールは父王や妻子をはじめとする一族のほとんどを失い、亡命者となった。

アッジールは、まさかの亡命地となったロンドンで父の王位を継承することを宣言し、『イシュタバール王』の名乗りを上げたが、同行していたわずかな側近達以外、国民も国土も持たない、実質上は裸の王様だった。

クーデターの首謀者であり、現アル・イシュタバ首長国連邦政府の元首であるアリー・ファイサル・ハブシャヌール将軍の執拗《しつよう》な暗殺攻撃を受けて、アッジール王はイギリスからアメリカ、そして日本へと亡命先を変え、日本での身辺警護の責任者となったのが、美晴だった。

そして二か月ほど前、アッジール王が政権奪還のために秘密裏に故国へ帰還するにあたって、日本政府はアッジール王を支持する立場として、美晴に特命外交官の身分を与え、王に同行させたのだ。

虐殺された一族の弔《とむら》い合戦を期して砂漠の国に舞い戻ったアッジール王は、精力的に王権回復の交渉活動を重ね、このハジシ家への訪問も、奪われた王権を取り戻すための根回し工作の一環だった。

これまでにアッジール王は、首都イシュタバの有力な五家の長達の三人までを口説き落としてきていて、サバッハ・ハジシは四人目の交渉相手。ごく保守的なイスラム教徒で、思想的には五家長中もっともハブシャヌール将軍に近いサバッハ翁の説得は、一番の難関であり、かなめでもあった。

そうしたサバッハ翁との、今日で滞在三日目になる和解交渉のさなか、ついにアッジール王の首都への潜入が敵の知るところとなったというわけだ。

ちなみに、ヨーロッパ企業の交渉団を装ってハジシ家に押し入ったアッジール王一行は、総勢十二名。美晴と西條剛志、そしてアッジール王の近衛隊三名を除くメンバーは、全員がCIAやMI6などから派遣されてきた特殊工作のプロ達である。

屋敷に侵入後、彼らはただちに外部との連絡手段を遮断《しやだん》し、屋敷にいたサバッハの家族と使用人達合わせて百人ほどは捕虜として拘束したのだが、完全制圧には失敗していたようだ。アッジール王がここにいることが、ハブシャヌール将軍麾下《きか》の政府軍に洩《も》れたというのは、そういうことだろう。

《作戦準備、完了しました》

剛志の声がイヤホンから告げて、美晴は英語で『了解』と返した。水煙草の煙管《きせる》を片手にアッジール王と話していたサバッハ翁が、美晴をじろりと見やってきたところへ、ノックの音。

美晴はカーテンの向こうにあるドアを開けに行き、アラブ衣装を着込んで近衛に装った剛志を部屋に入れた。廊下には緊張した面持ちのジャヒール隊長も来ていた。

それからアッジールのもとへ戻って、『お話し中、失礼します』と声をかけた。

『なんだ』

『ジャヒール隊長が至急の用件とのことで』

『わかった。呼べ』

『いえ、ここでは少々』

サバッハ翁がちかりと目を光らせたのを見て取りながら、美晴は胸の中で（陛下！）とうながし、アッジール王はアラビア語で〈失礼する〉とサバッハ翁に告げて、カウチから立ち上がった。

戸口をなかば隠しているカーテンの陰に入ると、美晴はアッジール王の耳にささやいた。

『「虎の皮」で行きます』

アッジール王はうなずき、剛志とすばやくケフィイエを取り替えた。

身分を表わす物でもあるケフィイエは、近衛は黒の毛織物、王は白絹を使用している。取り替えてしまえば、一見それらしい変装になる。

それから剛志が、サバッハ翁から背中が見える位置に移動して、交代完了。

つまり『虎の皮』作戦とは、背格好が似ている剛志が影武者となってアッジール王とすり替わることで、王がひそかに脱出するのに必要な時間を稼ぐというものなのだ。

『ではのちほど』

と告げてドアを開け、外で待っていたジャヒール隊長と目まぜを交わした美晴に、黒のケフィイエを被《かぶ》ったアッジール王が眉《まゆ》をひそめた。

『おまえは私と来るはずだろう』

『十分後に合流します』

美晴は返して、いかにもアラブの王族らしい浅黒い美貌の目に目を合わせた。

『お急ぎください』

『サイジョウのためか』

とささやいてきたアッジールは、王という立場を忘れた一人の男としての嫉妬《しっと》顔でいて、美晴は心がせつなく暖まるのを覚えながらささやき返した。

『いえ、アッジール。あなたのためです』

ですからどうかお急ぎをと肩を押した手を、重ねてきた手に握られた。

『私はおまえまで犠牲にするのか』

そう血を吐くようにささやいてきたアッジールの唇は震えていて、美晴は、この極上の男への熱い恋心が燃え上がるのを感じたが、いまは感情に囚《とら》われていられる時ではない。

『そのようなことにはなりません』

という言葉とほほえみでアッジールの危惧《きぐ》を否定して、手を握っているアッジールの手の甲にそっと唇を押し当てた。

『あなたが「愛しい鷹《たか》」と呼んでくださった僕が舞い降りるのは、この手の上だけです。ですから、この手を失うわけには行きません。どうかお急ぎを』

アッジールは喉《のど》の奥で呻《うめ》いて、美晴の肩をつかみ締めた。その力は、服越しに爪が食い込んで来る気がするほどで、アッジールの心中の苦悩をありありと伝えてきた。

自分を逃がすための身代わりを務める美晴達が、どんな危険をかいくぐることになるか知っていて、その運命を天に任せなければならないのだ。そしていかに苦衷《くちゅう》は深かろうが、彼には

王としての厳然たる立場がある。

〈私のミハル、愛しいミハルよ、どうかおまえにアッラーの格別なご加護があるように〉

耳元で苦しげに言われた母国語での祈りに、美晴もおなじ言語で祝福を返した。

〈アッラーは偉大なり。必ずや正義に勝利をもたらされるでしょう〉

〈すべてはアッラーの御心のままに〉

こうべを垂れてつぶやいたアッジールが、すうと大きく息を吸い込んだ。あきらめがたい思いを断ち切った瞬間が、美晴にもわかった。

『合流に遅れるな。二人ともだ』

そう言い残して、待ちかねていたジャヒール隊長の先導で立ち去ったアッジールは、もう振り向かなかった。

美晴はドアを閉め、白のケフィイエを被った身代わりの王に向き直った。

『正念場です、陛下』

と気合いを入れてやった美晴に、

〈インシ・アッラー〉

と答えた剛志の口調やしぐさは、アッジール王をよく真似ていて、美晴は〈グッド〉と笑んでやった。

……そもそもこの影武者は、近衛隊将校のムスタファという青年が務めるはずだった。ところが昨夜、監禁してあったハジシ家の衛兵が脱出に成功して小競《こぜ》り合いとなり、ムスタファは足に負傷。そして、ムスタファのほかに長身のアッジール王の代役を務められるのは、日本人の剛志しかいなかったのだ。

いざという時には一身に危険をかぶる役を剛志が引き受けたのは、美晴にとってもいささか驚きだった。剛志は美晴に恋人志願の名乗りを上げている男で、アッジールは恋敵。

どういうつもりかと内心いぶかっていた美晴に、剛志は言った。

「あんたへの点数稼ぎに決まってるでしょうが。あんたは、敵に塩を送るタイプの義侠心《ぎきょう》には弱いはずだ。男らしいところを見せておいて、あんたの心をいただこうって算段ですから、みような心配はしないでいいです」

「みょうな心配？」

「危ない役を引き受けてみせて点数を稼いだ裏で、わざと捕まってスケベ野郎を敵に売りつけてやろう、なァんて一石二鳥狙いとかじゃない、って意味です」

「あたりまえだ！」

目を剝《む》いた美晴に、

「だから、その手の汚い下心はないって言ってるでしょう」

剛志はしゃあしゃあとした顔で言った。

「俺はマジで、あんたの男のために命を懸けます。だからあんたも、俺の気持ちを評価だけはしてくださいよ」

……そんなやり取りがあった『虎の皮』作戦である。美晴としては、剛志だけを危地に置き去るわけにはいかなかったのだ。

サバッハ翁に顔を見られないように、考え事をしているふうにうつむいてカウチに戻ると、偽アッジールは、斜め後ろの警護位置に立った美晴を振り向いて、（耳を貸してください）としぐさしてきた。

美晴は腰を折って、剛志の内緒話が聞き取れるように耳を寄せた。

「じいさんが事に気づいた時点で、あんたは脱出してください」

『そうはいきません、陛下』

美晴は英語で答えた。内容までは聞き取れなくても、ヒソヒソ話が日本語であることを察知されたらおしまいだ。なにしろアッジールは日本語は話さないのだから。

『五分間だけ、ご辛抱を』

と続けた矢先だった。

《見破られた！》

耳の奥でイヤホンからの声が怒鳴った瞬間、美晴はそれを発見した。老人が耳にはめているのは、いつもの補聴器ではない!?

飛びかかって『失礼っ』とむしり取った。

「やられた、無線機だ！」

その時にはすでに剛志も行動に出ていた。サバッハ老人の眉間《みけん》にぴたりと銃口を押し当てて、言った。

『彼らを行かせるよう、命令しなさい！』

「交渉相手が違う」

剛志に言ってやって、美晴は老人から取り上げた無線機のマイクに向かってアラビア語で叫んだ。

〈サバッハ・ハジシは我々の手にある！　老人の安全は、アッジール王の安全によって保障される〉

吐いた息を吸い戻すあいだにセリフを練って、交渉を開始した。

〈我々も老人を敬う気持ちは持っている。しかしアッジール王への忠誠はさらに重い。家長の命よりもハブシャヌール将軍への忠誠を重んじるのが、誇り高いハジシ家の面目だというなら、王を捕らえたあと、ただちに家長の葬式の準備を始めるがいい！〉

そして老人の目に目を合わせて言った。

〈我々は、あなたがたがアッラーの神に忠誠であるのと同じように、与えられた任務に忠誠を尽くします。任務を果たすためには死も辞さない我々だからこそ、いまこの場にいるのです〉

それから、アラビア語は初心者レベルのはずである剛志のために英語に戻って言った。

『いま老人に言ったのは、我々は任務遂行のためには死も恐れない、といったことだ。きみも覚悟はいいな？』

『イエッサー』

という期待どおりのツーカーな返事に、ほほえみで報いてやった。

サバッハ老人は母国語しか使わないが、じつは英語能力もある。だからわざと日本語ではなく英語を使った。

人がパニックに陥るのは、状況が把握できないせいでの不安感に呑み込まれるからで、サバッハ老人に理性的な人質でいてもらうためには、適宜《てきぎ》な情報提供による不安の慰撫《いぶ》が必要だからだ。

もっとも、

『無抵抗な老人を射殺するのはつらいことだろうが、任務を遂行するには必要な措置だ』

というのは、むろん恫喝《どうかつ》のテクニックだったが。

将棋でいうなら『王』と『玉』とを取り替えっこするような、この駆け引きに勝ち目を出すためには、まずはこちらの本気さを印象づけてしまわなくてはならない。

『だいじょうぶです、やれます、上官』

という返事にうなずいて、美晴は老人との交渉を開始した。

〈ただちにアッジール・イシュタバールを解放するよう命令してください。猶予は十秒間で

す〉

〈だが、おまえ達は逃げそこなうぞ〉

という老人の返事は、要求を認めるという意味で、美晴は冷ややかに実行をうながした。

〈時間稼ぎは無駄です。残り五秒、四、三、二〉

〈わかった。無線機をよこせ〉

補聴器を装った通信機を受け取ると、老人は泰然とした口調でアッジール王とその一行の解放を命じ、美晴は自分の無線機でジャヒール隊長に呼びかけた。

『老サバッハは陛下の穏便な邸外退去に同意してくれましたが』

《ああ、命令は遵守《じゅんしゅ》された》

ホッとしている声音で返ってきた返事に、美晴はたたみかけた。

『ではただちに撤退を。陛下が安全な場所へ去られるまで、我々はここで待機します』

《……了解した。だが……》

口ごもったジャヒール隊長に、美晴はきっぱりと言った。

『僕には外交官という身分があります。こちらはこちらでなんとかしますので、そちらは王の安全確保に専念してください』

《わかった。アッラーの加護を祈る》

〈インシ・アッラー〉

通話を終えた美晴に、剛志が言った。

「外交官身分が役に立つ可能性はあるんですか?」

『ないな。おそらく』

美晴は英語で答えて、つけくわえた。

『しかし一民間人であるきみのほうが、さらに状況は深刻だ。ここは僕が確保するから、脱出しろ』

『冗談でしょう。あんたを置いて逃げられるわけがない』

「では心中するか」

あっさりと言った美晴に、剛志が眉をひそめた。

「あんた」

と言いかけたところで、二人の無線機がそれぞれに鳴り、ジャヒール隊長の声が告げた。

《いま裏門を出た。敵の到着まで一分弱だ、急げ。我々は北に向かう》

『了解』

オフボタンを押した手が神経的に震えていて、美晴は剛志に気づかれないよう、さりげなくこぶしに握り込んだ。

いまさら死ぬのが怖いなど、認めない。この任務を拝命した時から……いや、SPを志願した時から、任務のために命を捨てる覚悟はしていたはずだ。

通話を切ってこちらに目を向けてきた立花を、剛志は、まるで急に十歳も年取ったようだと思った。

半年前に初めて会った時、自分より若い男がSP隊にいるとはと驚いたものだった。小作りな美貌も華奢《きゃしゃ》そうな体つきからも、とうてい年上には見えなかったからだ。SP隊ですでに三年の実績があると知っても、昇進の早い準キャリアだからだなと考え、やがて三十に手が届く歳だと聞いた時にはたまげた。

しかも、見かけは虫も殺せなさそうな瀟洒《しょうしゃ》な美青年である彼は、SAT（特殊武装警官隊）の指揮官資格を持つ名実ともの猛者《もさ》だったのだ。

そんな彼にいつしか惚れて……生まれて初めての真剣な恋をして、立花が今回の特命任務につくことを知るや、懲戒免職覚悟でSP隊の仕事を放棄し、押しかけ同行してきた。だからいまの剛志の身分は、ただの日本人ボランティアだ。

そうして砂漠の国での激務の日々につき合ってきて、立花の美貌が日焼けと窶《やつ》れを深めるのを横目で見守り続け、頬《ほお》の瘦《こ》けた美貌はすでに見慣れたものとなっていたが……

(目だ、目にてんで生気がない)

急に十も老けたように見える理由をそう分析して、剛志は気遣いの声をかけた。

「ぐあいが悪いんですか？」

立花はかすかに苦笑して言った。

「疲れているだけだ」

それから、つぶやくように言った。

「行こうか」

「あ、はい」

剛志はそれを、脱出に取りかかるという意味だと思ったのだが、立花は上着の下につけたホルダーから拳銃を抜くと、老人に向かって言った。

『さて、もうしばらくおつき合いいただきますよ』

どういう意味かと尋ねようとした時には、剛志の頭には解が浮かんでいた。

「このうえ囮《おとり》まで務めようってんですか!?」

『いやなら逃げろと言いたいが、手遅れだな』

たしかに、立花の声にかぶって、政府軍が門外に到着したらしい騒音が響いてきた。重車両のエンジン音、命令を叫ぶ声、おおぜいの人間が立てる足音や物音。

『正門を見下ろせる北館三階のバルコニーがいいだろう。せいぜい陛下のような顔をして手でも振ってやれ』

剛志は大きく息を吸い込んで、覚悟を固めた。この人と心中するなら、死ぬのも悪くない、ということにしよう。一度も抱かせてもらっていないのは心残りだが……まあ、まだ死ぬと決まったわけでもないし。

『はいはい。俺だって「毒を食らわば皿まで」って格言ぐらい知ってますよ』

『それは「格言」じゃなく「ことわざ」だろう』

『どっちでもいいです』

美晴が老人の確保につき、剛志が先頭に立って廊下に出たとたん、左右からガチャガチャと十数丁もの銃口を向けられた。ハジシ家の男達が手に手に小銃を構えて待ち構えていたのだが、美晴も剛志も別段あわてはしなかった。当然そう来ると予想はできていたからだ。

〈そちらが手出しをしなければ、ご当主に危害はくわえない。道を空けろ〉

美晴の命令に、老人が〈従え〉と口を添え、男達は不承不承に引き下がった。

『西條、左後方につけ』

との指示を英語でやったのは、老人や男達によけいな疑心暗鬼を起こさせないためだ。彼らにはまるでわからないだろう日本語での会話は、危険ですらある。

『了解』

と剛志も英語で返してきた。

『人質を確保しながらの移動なんて初めてで、ちょい緊張しますね』

『警護対象だと思え。しくじれば持っていかれるのはこっちだが』

『う〜む、人質事件の犯人の顔がこわばってる理由がよくわかります』

『へらへらしている奴はまあ、頭がまともじゃないと思われるな』

『え、俺、笑ってますか?』

『楽しそうだぞ』

『すいません、初体験にはワクワクするたちなんで』

三人のあとからは男達が尾行《つ》けてきていて、まるで行列だ。

『そうか、こういうのが送り狼に尾行けられてる気分なんすね。首のうしろの産毛が落ち着かないっていうか』

『緊張を紛らわしたい気持ちはわかるが、少ししゃべり過ぎだ』

と言われてしまって、

『すいません』

と口を閉じた。


ハジシ邸は、外から見ると窓の少ない箱のような建物だが、じつは外郭で中庭を囲ったロの字の構造になっている。

三階建ての外郭部分は、ときおり見舞われる砂嵐から暮らしを守るための防砂壁でもあり、北側の棟を除いては使用人達の住む場所だ。主人一家は、噴水付きの池もある緑豊かな中庭に面した平屋部分に住まい、その内部はプチ・アルハンブラ宮殿といったぐあいにアラブ流の贅《ぜい》をこらしてある。

柱は大理石、床は色タイルのモザイクで飾られ、くつろぎ場所にはペルシア絨緞。そして工芸の粋を尽くした調度の数々。

ちなみにハジシ家は、サバッハと四人の妻と、その子や嫁や孫も合わせて三十六人という大家族である。

美晴達が向かった北館は、メッカを遥拝《ようはい》する礼拝室を主な施設とする建物だが、三階のバルコニーは、邸宅を取り囲む城壁のような塀越しに街が見晴らせて、有事の際には物見台の役割も果たす。

北館の出入口には内側から鍵のかけられる扉があったので、入ったところで、ついて来ていた男達は締め出した。

〈父母に誓って、一時間後にご当主は無傷で解放する〉

という美晴の言質《げんち》より、老人の〈下がっていろ〉という命令が効いた結果だったが。

美々しく装飾された螺旋《らせん》階段を登りながら、サバッハ老人が独り言のように言った。

〈かつてのハジシ家は、いまのイシュタバール宮殿ほどの邸宅を持っておった。美しい大きなオアシスがある土地で、隊商は必ず立ち寄る場所じゃったからの、盛んな市がひらかれていたのよ〉

美晴は、日本を出て以来たまりにたまった疲労に重たい足を運びながら尋ねてみた。

〈あなたは、アッジール・イシュタバールがハジシ家に充分な敬意を払っていないとお考えですか？〉

そうした政治交渉めいた会話は、美晴とサバッハ翁のあいだでは何の意味もなかったのだが、老人は少し考えてから答えた。

〈彼は、教訓を得て賢くなった。だが彼の父親には、その機会がなかった〉

〈なるほど〉

アッジールに同行してゲリラ活動を続けてきたあいだに、近衛達と話すことでせっせとアラビア語をみがいておいたおかげで、美晴には老人の持って回った言い方でも理解ができたし、

〈彼は身につけた賢さを生かせるのでしょうか〉

という問い返しもできた。

老人はスンと鼻音を立てて、言った。

〈彼がイシュタバール家の名誉を回復するならば、国民はふたたび彼を支持するだろう〉

ほう……と美晴は思った。それはつまり、ハジシ家はアッジールを『王』と認める用意があるということだ。

〈そのお言葉は、アッジール王には？〉

〈むろん言ってはいない。彼がわしを殺しもせず、人質にも捕らずにここを去ったことで、そう考えたのだからな〉

〈ぜひ彼にあなたの言葉を伝えたいですが、僕らの口からは無理のようですね〉

美晴は、バルコニーの向こうに見えた門の外のようすを一瞥《いちべつ》して、そうため息をついた。事件現場に駆けつけた警察車両よろしく門を取り囲んでいるのは、装甲車に武装ジープ、そして三百人はくだらない兵士達。

〈ご老人〉

と呼びかけて、美晴は交渉を持ちかけた。

〈僕らは、しばらく彼らをここに引き止めておかなくてはなりませんが、あなたの口にハンカチを詰め込むのは気が進みません。沈黙していると約束してくださいますか？〉

サバッハ翁は頭をめぐらせ、しわ深い顔に威厳を与えている光の強い目で、一瞬じっと美晴の目を覗《のぞ》き込み、

〈よかろう〉

とうなずいた。

〈おまえには誇り高い武人の血が流れているようだ。この場をどう切り抜けるのか、見せてもらおう〉

〈ありがとうございます〉

美晴は答えて、剛志に告げた。

『行くぞ、西條』

『イエッサー』

アッジール王に扮した剛志を先頭に、サバッハ翁、美晴という順でバルコニーに出ていった三人の姿に、眼下の者達が色めき立つのを見下ろしながら、美晴は剛志に尋ねた。

「狙撃手が見えるか？」

「見つけたら即刻隠れますよ。スケベ野郎の代わりに頭を撃ち抜かれるのなんて、ごめんですからね」

「ああ、それでいい。銃は見せるなよ。我々が老人を道連れに自決する気だとでも誤解されたら、それこそあっという間にはちの巣にされるぞ」

「それで、俺はいつまで奴のふりをしてりゃいいんです？」

「陛下が脱出してから、まだ五分だ。三十分でも一時間でも稼げるだけ稼ぎたいが」

「じゃあ手でも振っときますか？」

言った剛志はまったく落ち着き払っていて、美晴は力強い安心感を覚えながら答えた。

「交渉するふりをしよう」

「しゃべったらさすがにバレるでしょう」

「僕が代わりに話す。きみは、僕に言うことを指示しているふりをしろ」

「あー、こんなぐあいにですかね」

剛志は美晴の耳に頭を寄せてそれを言い、美晴は「まあ、そんなぐあいだ」とうなずいた。

それからバルコニーの端まで進み出て、門の外を取り囲んだ兵士達に向かって怒鳴った。

〈指揮官と話したい！〉

すぐにひげ面の士官が進み出てきた。肩章によると少佐で、包囲部隊の指揮官だと見当はついたが、美晴は澄まして要求をくり返した。

〈指揮官と話したい！　ハブシャヌール将軍を呼べ！〉

〈将軍閣下はここにはおいでにならない〉

少佐が怒鳴り返してきた。

美晴は居丈高にやり返した。

〈では、いますぐ呼べ！　王をお迎えするのに少佐風情をよこすとは、無礼である！〉

「あんたの気の強さは知ってましたけどね」

剛志がぼやく調子のちゃちゃを入れてきたが、要するにエールだ。美晴は振り返ってうなずく芝居をはさんで、再度要求をくり返した。

〈アッジール陛下は、アリー・ファイサル・ハブシャヌール将軍の出頭を求めておられる。ただちに使いを出したまえ！〉

〈きさまは何者だ〉

という返事は時間稼ぎの問いかけに違いないが、美晴としても渡りに舟である。

〈日本国政府から派遣された全権大使、ミハル・タチバナだ〉

と名乗ってやった。

〈日本人がここで何をしている〉

〈仕事だ〉

〈ビジネスか〉

〈外務省の特別任務だ〉

〈我が国は日本との国交は断絶している〉

〈両国の関係を修復するのが僕の任務だ〉

やり取りをしながらも周囲への注意は怠っていなかった美晴は、向かいの建物の窓の中できらりと光った金属光を見落とさなかった。

「西條、柱の陰に下がれ」

剛志も目を遊ばせてはいなかった。

「敵は正面ですね」

と答えてきて、つけくわえた。

「おっと、四時方向の屋上にもです。距離百五十、得物は狙撃ライフル」

「まだホールドアップには早いんだがな」

見やった腕時計の情報によれば、アッジールが去ってから、ようやく二十分。

「僕はここでもうしばらく時間を稼ぐ。きみはご老人と一緒に礼拝室へ行け」

「あんたを置いては行けません」

などというめめしい抗議を言ってきた剛志に、美晴は丁重に返した。

『狙撃手が狙っているのは陛下です。ここで首級を差し出してしまっては元も子もありません。どうか聞き分けて、安全な場所までお下がりください』

剛志は不満げに唸《うな》ったが、状況は判断できたらしい。

「……わかりましたよ、引っ込みますよ」

とうなずいた。

「ご老人にアラビア文字の読み方でも教えてもらっていろ」

「はいはい、門倉《かどくら》課長にアラビア語で絵はがきを書けるようにすねっ」

あ……と美晴は思い、胸に浮かんだ言葉を言った。

「なつかしいな」

「門倉課長がですか？」

「ああ……まあな」

ふと、たまらなく日本に帰りたいような気がしたのだが、思いは風のように心の上面をなでただけで吹き過ぎた。

「行け、西條」

と命じて、美晴は眼下に目を戻した。

〈ハブシャヌール将軍はまだか！〉

と怒鳴った。

狙撃手のスコープから避難するためにバルコニーから出て、螺旋階段を下り始めたところで、剛志は心を決めた。

〈相談したい〉

と老人を振り向いた。

ゲリラ達から習い覚えたアラビア語が通じることを祈りながら言った。

〈俺は、あんたに投降する。あんたは、あの人を捕まえる。怪我はさせない約束でだ。どうか〉

〈裏切るのか？〉

と尋ねられて、

〈あの人が死ぬは、困る〉

と答えた。老人の足に合わせてゆっくりと階段を下りてやりながら続けた。

〈射撃手が狙っている。いま殺されたら、ただ死ぬ。あー……犬死にだ〉

〈そのほうが苦しまずに死ねるぞ〉

老人は言い、天気のことでも話すような調子で続けた。

〈捕らえられ投獄されたあとのことは考えているか？　ハブシャヌールはアッジール王の居場所を聞き出すためには手段を選ばぬぞ〉

〈あー……〉

剛志はそれ以上のアラビア語会話はあきらめて、英語に変えた。

『外交官特権なんて何の役にも立たない空手形だってのは、俺もあの人も承知してます。尋問なんてなま易しいことじゃ済まないだろうってことも。

けど、いまここで撃ち殺されたら、残る希望はゼロです』

〈捕らえられれば希望が出てくると？〉

『生きてさえいりゃね。何が起きてどう転ぶか、わかったもんじゃないでしょう？』

〈アッラーは異教徒に恩寵《おんちょう》を恵まれることはなさらない〉

『俺達には俺達の神さんがいますよ』

〈ふん、罰当たりめ〉

一神教を固く信仰する老人は唾《つば》を吐くように吐き捨て、剛志は肩をすくめた。

『わかりましたよ。あんたに協力を求めた俺がばかでした。俺が自分であの人を捕まえて、あっちに投降することにします。自首ってことにすりゃ、ちっとは』

〈命惜しさに敵に下った卑怯《ひきょう》者に、どんな温情が与えられると思うのか〉

老人はそうさえぎってきて、言った。

〈運命を受け入れる勇気があるなら、黙ってわしと来るがいい〉

ちょうど二人は二階まで下りてきたところで、老人が顎《あご》をしゃくってみせたのは礼拝室のドア。

『ですから、俺が言いたいのは』

と言いかけて、剛志はその物音に気がついた。

『なるほど。すでに俺達はアッラーの手の中ですか』

音というほどあからさまではないこの物音は、さっき閉じてきた扉から侵入して、階段を忍び登って来ようとしている連中の気配だ。

『わかりましたよ、運は天に任せます。ただし、あの人の隣でね』

それから、

〈どうかあんたは長生きを〉

という言葉とアラブ風の会釈を老人に送ると、螺旋階段を上へと駆け戻った。聞こえている立花の声が銃声で途切れる瞬間を恐れながら、階段口からバルコニーまでの十歩はケフィイエをひるがえして大股に歩き、まだ無事に交渉芝居をやっていた立花に大声で呼びかけた。

「時間切れです！　締め出してやった奴らが上がって来る！」

バルコニーに踏み出したとたん、ヒュッと何かが鼻の先をかすめた。撃って来られたのだとわかったが、棒立ちした体は一瞬、次のアクションへと動けなかった。

「西條！」

振り返った立花が「伏せろ！」と怒鳴った瞬間、立花のスーツの右肩から血がはじけ飛び、食らった衝撃に痩身《そうしん》がキリッと半回転した。

（殺《や》られる！）

と感じた。とっさにケフィイエを脱ぎ捨て、全力ダッシュで駆けつけて抱きしめた。背中にドンッとぶち当たってきた衝撃に、抱いた立花ごと突き転ばされて、立花を下敷きにタイル張りの床につんのめった。

「西條!?」

立花の頭を打たせないカバーができたのかどうか自信がないまま、詫《わ》びのつもりで、

「うしろから車がっ」

と口走って、（いや、ライフル弾が）と頭の中で訂正した。防弾チョッキが止めたのだと思うが、よくわからない。目がくらんでいて、息が吸えない。

しかし状況を把握する暇は与えられなかった。どかどかと荒々しい足音が駆け寄ってきたと思うと、頭のうしろにガツンと痛撃を食らって、意識が飛んだ。

幸か不幸かアッジールは、バルコニーでの事件の一部始終を見ていた。

ハジシ邸から辛くも脱出した一行は、こうした場合に備えてＣＩＡが用意していた潜伏用の

アジトに緊急避難したのだが、その場所というのは、ハジシ邸からは目と鼻の先の『コンチネンタル・ホテル・イシュタバ』。

アメリカ資本との合弁経営だったこのホテルは、ハブシャヌール将軍の鎖国政策によって廃業に追い込まれ、いまは無人の建物となっている。

その一室に落ち着いてほどなく、政府軍の動向を見張っていたCIAのメンバーから、アッジールに一報がもたらされたのだ。

『日本人組が、ハジシ邸の正門前バルコニーで囮作戦に出ました』

『なに⁉』

と顔色を変えたのは近衛のジャヒール隊長で、ちらとアッジールに向けてきた目には危惧感が浮かんでいた。

『くわしく報告しろ』

と答えて、アッジールは命令を変更した。

『いや、いい。私がそこへ行く』

〈陛下!〉

と叫んできたジャヒールの制止は無視して、アッジールはソファから立ち上がった。

忠実な近衛隊長は、自分の体でドアを塞《ふさ》いでみせた。

〈ミハル達の手並みを見るだけだ〉

と言ってやった。

〈しかし！〉

〈私には自分の立場への自覚がない、とでも疑っているのか？〉

〈い、いえっ〉

〈ならばそこをどけ、ジャヒール。私にはミハル達の闘いを見届ける義務がある〉

言って、ひたと目を合わせてきたアッジール王の目の中には、ミハル・タチバナへの感情に負けようとしているような揺らぎは見えなかったが……ジャヒールは、行かせたくなかった。もしもの時に、この人が味わうであろう苦悶がどれほどのものか、察しがつくからだ。

ジャヒールは、アッジール王子が初めて軍役に就いた十八歳の時から、ずっと側近を務めてきた。望めば将軍といった地位に昇進できるチャンスも何度かあったのだが、そのたびに『アッジール王子の近衛』という身分に留まるほうを選んできた。国王軍の中で出世することよりも、アッジールという人物その人に仕えたい気持ちが強かったのだ。

まるで欠点がない人ではなかった。むしろ十八歳のころのアッジール王子は、自負心ばかりが肥大した鼻もちならない若造で、ジャヒールの楽しみは、武術指南役の役得として正々堂々、王子に稽古《けいこ》場の砂を嘗《な》めさせてやれることだった。

だが半年ほどたったある晩、ジャヒールはふとしたことから、アッジール王子が歯を食いしばり声を殺して泣く姿をかいま見た。

彼の部屋の、コーランを置いた聖棚の前でだった。若者はびしと背筋を伸ばし昂然《こうぜん》と頭を上げた仁王立ちの姿で、嗚咽《おえつ》を嚙《か》み殺す努力にギシギシと奥歯をきしらせつつ、キッと瞠《みは》った目から滂沱《ぼうだ》の涙を流して泣いていた。

その時、彼が泣いていた理由は、いまも知らない。知る気もない。

ほかに誰もいない自分の部屋の中であるにもかかわらず、断固として強がりを通そうとしていた彼の泣きぶりに、心を揺さぶられた。そうまで強固な彼の誇り高さに、惚れた。

それ以来ジャヒールは、アッラーへの崇敬《すうけい》に次ぐ、地上では第一にして唯一の敬慕の念を、若きアッジールに捧げ……つまりはアッジール・イシュタバールという存在を、心の底から愛し続けてきたのだ。

だからこそ、彼の目下《もっか》の最愛の人物であるミハル・タチバナの、悽惨《せいさん》な末期《まつご》を目撃することになるかもしれない場への立ち合いなどは、体を張ってでも阻止したかったのだが。

〈どいてくれ、ジャヒール〉

とささやくように言ったアッジール・イシュタバールは、いまでは名実ともに『王』である身分にふさわしい、堂々たる風格と威厳とで、ジャヒールの気遣いを拒絶した。

たとえば、愛しいミハルが惨殺されるようすを、手もなく見守らなくてはならないことになるとしても……むしろ、そうしたことになるならばなおさら、私はその場に立ち合っていたい。彼を巻き込んだのは、私なのだから。せめて、すべてをこの目に納めておきたいのだ。わかってくれ、ジャヒール！

〈……何事もアッラーの思し召しのままに〉

という言葉で、あきらめきれない思いに無理やりあきらめをつけて、ジャヒールは道を空けた。

敬愛するアッジール陛下が、すべてをわきまえ覚悟を固めたうえで言っておられる、たっての望みなのだ。従うほかはない。

六階の見張り所までは階段で上がった。

ＣＩＡのジェンキンズとブラウンのチームが、双眼鏡と集音マイクを武器に情報収集に当たっていた。

バルコニーにいるのはミハル・タチバナだけで、ゴウシ・サイジョウの姿はない。

『先ほどまでサバッハ・ハジシとサイジョウもいましたが、あれに気づいたタチバナが二人は退避させました』

ブラウンが指さしてみせたスナイパーの姿は、ジャヒールもアッジールもとうに見つけていた。

『政府軍側は、バルコニーにあらわれたのが影武者だとは気づいていません。サバッハを押さえることで邸内からの情報の漏洩《ろうえい》も阻止しているようです。やってくれますよ、タチバナは』

ジェンキンズのコメントにうなずいた王に、ジャヒールは言った。

〈ハジシ家は、『静観』に態度を改めたようですな〉

〈そのようだ〉

と王も賛同した。

ハジシ家がまだ王の脱出を政府軍に伝えていないのは、家長を人質に押さえられているからというより、家長自身の意志が働いていると見るべきなのだ。

むろんハブシャヌール将軍への言いわけには、人質ウンヌンを持ち出すだろうが、そんなものはただの口実に過ぎない。ハジシ家は五家の中でも、ひときわ果敢かつしたたかな一族で、脅しで動くものではないからこそ難物だったのだから。

『いまのうちに本部まで移動しますか?』

ブラウンが尋ねてきたが、ジャヒールの判断は「否」だったし、王もうなずかなかった。タチバナは巧みな舌戦で敢闘しているが、そもそもが決め手を欠いた勝負に出ている彼に、勝ち目などあるはずもない。時間稼ぎはそろそろ限界だろう。

問題は、この一幕がどういった幕切れに終わるかだ。

〈あれはあれなりに、私を愛してくれていたのだな〉

王のつぶやきはごく低い独り言だったが、ジャヒールの耳には入ったし、返したい言葉もあった。

〈彼は殉じることをいとわない近衛向きの男です。陛下が引き抜きに成功なさいましたなら、

わしの後継として育てたいと思っています〉

〈申し出はすでに断わられた〉

王は苦笑混じりに返してきて、続けた。

〈だが、それでよかったのだ。むしろ、あの時が、二度とは結ばぬ縁の切れ目になってくれていたら……

あれは人のために死ねる男で、いまもああして私のために命を賭《と》してくれているが、私は、どれほど愛しい者のためでも身を投げ出すわけにはいかない人間だ。あれが差し出してくれるものを、私は何一つ返してやれない。愛の証《あか》しとしての誠意すら、与えてはやれないのだからな〉

〈それは『王』というお立場ではあたりまえのことです。ましてや陛下は、我ら国民にとってかけがえのない、唯一無二のお方であられるのですから〉

励ますつもりで信念を述べたジャヒールに、王はうなずいておだやかに言った。

〈そうだ。だからこうして、愛しい者を見殺しにする苦悩にも耐えている。私にそうする義務がある以上、逃げるつもりはない〉

そのごく平静な口ぶりは、あの泣き姿とおなじ渾身《こんしん》の強がりであり、しかもこの人は断じてそれを押し通すのだ。

ジャヒールは考え、詫びを言った。

〈先ほどの止め立ては僭越《せんえつ》でした。お許しください〉

王は喉の奥でかすかに笑い声を立て、からかい口調で返してきた。

〈その僭越気質のおかげで、私もおまえにだけは愚痴を吐けるのだ。一人ぐらいそうした人間がいるのも、よいことだろうと〉

王がそこでぷつりと言いやめたのは、バルコニーで新たな動きが出たからだった。

狙撃を避けて屋内に退いたというサイジョウが、バルコニーの奥に白のケフィイエ姿をあらわし、外に踏み出して来ようとして、ギクッと立ちすくんだ。

『狙撃です！』

というブラウンの声を耳にしながら、ジャヒールは（似ている！）と思った。こうして遠目から見てみると、サイジョウはまさにアッジール王そっくりで、政府軍の連中が影武者だと見破れないのも無理はない。

と、その時。あらわれたサイジョウを振り返ったタチバナが、見えない手に突かれたような動きで姿勢を崩した。

『撃たれた！』

間髪《かんはつ》を入れずサイジョウが走った。ケフィイエをかなぐり捨て、飛びかかるようにタチバナを抱き込んだ瞬間、その背から布片がはじけ散るのが見えた。着弾のショックにサイジョウはタチバナもろとも倒れ込み、それへ屋内から飛び出してきたハジシ家の男達が躍りかかった。

〈アッラーよ、アッラーよ……〉

王が呻《うめ》くようにつぶやくのが聞こえ、ジャヒールも胸の中でおなじ言葉を叫んでいた。息を詰めて見守ること、数分。二人に群がった男達がようやく立ち上がり、ジャヒールはさらに目を凝らした。

タチバナがいた。ありがたいことに自分の足で立っている！　サイジョウは!?　殺られたか……いや、生きてはいるようだ！　死体になっているなら、ああした運び方はするまい。

〈アッラーよ、感謝します〉

思わずつぶやいたジャヒールの横で、王が言った。

『作戦を最終段階に進める。宮殿襲撃の準備には何日必要か、協力各国に打診せよ。一週間以上かかるなどという生ぬるい返事は受けつけるな』

部屋にはいつの間にか、根回し作戦に同行していた全員が集まっていた。ただし二人は欠けた、総勢十名だ。

『日本政府への状況報告は？』

ＭＩ６のスミスが尋ね、

『もちろん、すべきだろう』

とブラウンが答えた。

『二人の解放交渉をやらせるんだ』

『アッリー、本部のガルバ事務官に連絡して必要な措置を取らせろ』

『了解っ』

『宮殿の襲撃には米軍特殊部隊が動かせます。むろん即刻にでも』

『待った、我が英国軍にも話は通してある』

『NATO（北大西洋条約機構）軍からも人員は出るはずだ』

『混成部隊は危険だ。いまから訓練をしている暇などないしな』

『すまんが米国だけに手柄を立てさせるわけにはいかんよ』

『そのとおりだ。充分に練度の高い精鋭ならば、一日二日の合同演習でやれるんじゃないか？』

『いや、人質の救出を兼ねるんだ、混成部隊ではチームワークが』

英米欧のパイの取り分け争いのような言い合いを断《た》ったのは、

『主力は、私が率いる私の部隊が務める』

というアッジールの発言だった。

全員が（えっ!?）という顔でアッジールを見やった。

『当然だろう』

と、王は面々を見渡した。

『これは私の戦いなのだ。諸君に頼みたいのは、私が率いる急襲部隊を王宮まで輸送する手段のみだ。具体的には、ラクダで押し寄せるよりも目立たず早く、かつ一気にハブシャヌールとの直接対決に持ち込める手段。

政府軍といえども、兵士らは我が国民である。双方とも犠牲は最小限に抑えたい』

『そりゃ……理想的には陛下とハブシャヌール将軍との一騎打ちで決着をつけよう……って話ですか?』

アメリカ人のジェンキンズが、笑っていいものかどうか迷いつつも笑い出したいという顔で尋ね、アッジール王は真剣そのものに『そうだ』とうなずいた。

『王宮前広場での一対一の決闘が実現できるなら、それがもっとも理想的だ』

『……それがアラブ流だと?』

フランス人のマルセーが口の端をぴくぴくさせながら言い、ジャヒールが答えた。

『古来のアラブ流でやるなら、イシュタバール家とハブシャヌール家の一族同士の決戦ですな。しかし、そんな大時代な戦いは無意味です』

『まあ……でしょうな』

『要は、ハブシャヌールが用いた方法で、こんどはこちらが王座を取り戻すというわけだ。少数の精鋭による政権中枢の急襲と殲滅《せんめつ》』

言って、アッジールは肩をすくめてみせた。

『まったくもって野蛮な方法だが、「目には目を」という筋を通したうえで、もっとも犠牲が少ないやり方だ』

それから、キリッと目の色を引き締めて続けた。

『部隊の輸送方法はヘリによる空挺《くうてい》作戦が妥当だろうが、政府軍のヘリとの空中戦や地対空の戦闘をやるようなことになっては、一般市民に犠牲が出る。

そのあたりの問題をクリアしつつ、一気に敵の首を取る方法を立案してくれたまえ。

私の部隊は、選りすぐりの精鋭三十と考えている』

そして話は終わったという顔で立ち上がったアッジールに、ブラウンが質問した。

『陛下の部隊は、空挺作戦の経験は？』

『ない』

と答えて、王は部屋を出て行き、残った者達はたがいに顔を見合わせた。

『つまりは、ラクダでの突撃戦が専門の連中を、なんとか空から送り込めってことか？』

『まずは、こすると魔神が出てくる魔法のランプを探し出す手だな』

『くだらない冗談はやめろ。探すならイリュージョン・ショーが得意なマジシャンだ』

『ハッ！　だったら王宮前広場での興行許可を取る手続きからだな』

『ラクダを必須アイテムとして組み込まなくても済むのなら、方法はあるさ』

『まあな。まずは空から特殊部隊を投入して拠点確保までやったうえで、キングにご入城いただき、仕上げは王宮広間での決闘だ。テレビ局を呼んどくのを忘れるなよ』

『ハハハハハ！　さて、そろそろ現実的な話をしようじゃないか』

『賛成だ』

まじめな話し合いが始まったのを見計らって、ジャヒールは部屋を出た。王宮襲撃の支援態勢を固めるのは彼らの仕事であり、ジャヒールにはジャヒールの任務がある。

万一の場合を勘案して脱出に便利な二階フロアに確保してある王の居室は、急報を受けて他のアジトから馳《は》せ参じた近衛の面々が、すでに警備陣を敷いていた。

ドア警備の者達と目で挨拶《あいさつ》を交わして、扉をノックした。

〈ジャヒールです、陛下〉

〈しばらく待て〉

という返事が返ってきて、ジャヒールは腹の中でため息をついた。

そう……たしかに気持ちを立て直す時間が必要だろう。だが、肝心かなめの王が個人的な理由で長いあいだ引きこもるようでは、士気に関わる。

〈では三十分後にうかがいます〉

と告げて、ドアの前を離れた。

厳しい言い方だが、無理にも立ち直ってもらわなくてはならない立場だった。

それに、ミハル・タチバナはまだ死んだわけではないのだ。

ハジシ家の男達の突入で、バルコニーでの一芝居に幕が下りた瞬間。美晴の胸にあったのは、（これで終わった……）という深い安堵《あんど》感だけだった。

自分の盾になって倒れた剛志の安否も、自分自身の今後の運命も、すべてどうでもいい気分だった。アッジールを支援するという任務は、可能な限りに果たしたのだから。自分は役目を終えたのだ。

青いばかりで雲一つない空をぼんやりと眺めていたら、

〈歩け！〉

と肩を小突かれたので、足を踏み出した。右肩になにやら違和感があったが、気にする意識は生まれなかった。両手を腰の後ろで縛られている不自由さも。

階段を降りるあいだに、何度もステップを踏みはずしたが、足元に注意を向けることもなく踏みはずしをくり返した。何もかもが現実味をなくしていて、転ぼうが頭をぶつけようがどうでもよかったからだ。

屋外へ連れ出され、武装した兵士に引き渡され、トラックに乗せられたあたりから、さらに意識はあいまいになり、目を開けたまま眠っているような状態に陥っていたが、むろんそうした認識ができるような思考力は停止していた。

……疲れ過ぎていたのだ。身も心も、頭脳も神経もあまりに疲れ過ぎていて、緊張の糸が切れたとたん、気力のみで保ち続けてきた全機能がブラックアウトしていた。

トラックが走り出してまもなく。うつろな表情で身じろぎもしない捕虜の、ぼんやりと見開いた目にハエが止まっているのに気がついて、見張り役の兵士はあわてて脈を探った。

〈どうした〉

と聞いてきた上官に、

〈ようすがおかしいです〉

と報告した。

〈脈はあるし息もしてるんですが〉

〈ふむ……瞳孔がひらいちまってるな。ハシシュ（麻薬）でもやってるのか？　おい、きさま！　起きろ、目を覚ませ！〉

だが頰を殴ってみても、捕虜は何の反応も示さなかった。まるで生身の人形であるかのように、目も閉じない。

〈くそっ〉

舌打ちした上官が、つかんでいた胸ぐらを乱暴に突き離したとたん、捕虜はぐらあと前のめりに倒れ込もうとした。兵士が急いでつかまえてやらなかったら、もろに顔から床に突っ込んでいたに違いない。

〈しっかり座ってろ！〉

と叱ってやった声が聞こえたようには思えなかったが、ふとまばたきをした捕虜が、改めて気を失うふうにすっと目を閉じたのを見て、兵士は奇妙な安堵を覚えたのだった。

剛志が意識を取り戻したのは、放り込まれたトラックの荷台でだった。

最初はどこにいるのかわからなかったが、ガアガアとやかましく唸るエンジン音と排気ガス臭と揺れとで、車の中だと見当がついた。ひどい頭痛がしていて、うつぶせに横たわった頬からじかに頭蓋骨《ずがいこつ》に響いてくる震動がつらい。

身じろぎしたとたんに横腹を蹴《け》りつけられたが、ともかく目を開けたのは、立花の安否を知りたかったからだ。

乗せられているのは兵員輸送用のトラックだった。荷台の床にうつぶせに寝かされている姿勢からは、見える範囲は狭かったが、捜し物は目の前にあった。シートに腰かけた立花の、ちょうど足元に転がされていたのだ。

首をねじって、どうにか顔が見えるところまで視線をたどり着かせた。

立花は無表情に目を閉じていて、トラックの幌《ほろ》に背をもたれさせ少し首をかしげて座っている姿は、行儀よく居眠りをしているようなぐあいだ。

「立花さん」

と呼んでみた。

そのとたん、また横腹を蹴られたが、その程度のじゃまだててでへこたれる剛志ではない。

「立花さん」と呼び、背手《うしろで》に縛られているので蛇よろしくずりずりと這《は》い寄って、立花の革靴のつま先に頭を乗せた。

「立花さん、もしもーし」

だが冷たい上司は気づいてもくれなくて、微動だにもせずにいるのは、もしや本気で眠っているのか？

「まあ、いいですけどね。あんたがバテバテだったのは知ってますから、こういうＴＰＯで爆睡してても可笑《おか》しかないです」

剛志はそんなコメントを言ってやって、立花とのとりあえずのコンタクトをあきらめたのだが……

車が停まって、また動き出し、頑丈そうな鉄の扉で戸締まりされた建物の中に徐行進入して、また停まった。いや、終点らしい。

荷台に乗っていた兵士達が車を降り始め、剛志も四人がかりで引き起こされて引きずり出された。

〈抵抗はしない、乱暴をするな〉

と文句を言ってやったが、捕虜は手荒く扱うのが流儀らしく、待遇が改まることはなかった。

〈歩け〉と肩を突かれたが、剛志は逆らってトラックを振り返った。

立花が車から降ろされてくるところで、兵士に両脇を抱えられた立花は、うつろな表情ながらも目は開けていた。

「立花さん」

と呼びかけた背中を〈行け！〉と殴られたが、こっちにはこっちの都合がある。

左右から腕を取られた立花は、うながされるままに歩き出し、剛志の前までやって来て、通り過ぎていった。一瞥もなしにだ。

「え？　ちょっと、立花さん！」

剛志はあわてて立花を追いかけ、さっきは〈行け〉と言った男の〈待て！〉という制止は無視して、黙々と連行されていく立花の前にまわり込んだ。

「ちょっと立花さん!?　いまさら他人のふりなんかしたって無駄なんですけどね！」

立花は目を開けていて、正面に立った剛志が見えていないはずはないのに、何の反応も示さなかった。まるで表情のない顔にも、目にも、いっさい。

「……あんた」

と言いかけた横顎にガゴッと鉄拳をぶち込まれて、剛志はその場にぶっ倒れた。

だが目は立花から離さず、鼻先での暴力ざたにも立花はまばたき一つしなかったことを見取っていた。芝居でないなら、あきらかに異常だ。

「あんた……壊れちまったんですか？」

口の中に血の味を感じながらつぶやいて、（そうらしい）と思った。

連行役に肩を押されて、立花が歩き出した。歩こうという意思があって踏み出すのではない、ゼンマイじかけの人形のような足取りだった。

〈立て！　さっさと立つんだ！〉

銃を向けて脅《おど》してきた兵士をギッと睨《にら》みつけて、剛志はぬんっと立ち上がった。

立花さんは壊れた。とうとう壊れた。俺が守ってやらなきゃ。

だが、監獄めいたコンクリートの建物の中に連れ込まれるや、剛志は立花とは別々にされてしまった。むろん異議申し立ては徒労に終わり、抵抗の返礼に殴る蹴るの矯正《きょうせい》を食らったうえでぶち込まれたのは、糞尿《ふんにょう》臭やゲロの悪臭が染みついた汚らしい小部屋だった。

コンクリートの床のすみに穴が開けてあるのは便所。独房にしては広いが、ともかく収監施設というやつだ。

銃で脅されながら、アッジールに化けるために着込んでいたアラブ服を剝《は》ぎ取られ、防弾チョッキを没収された。身体検査と称して尻の穴まで探ってきたので、〈ヒツジとファックしやがれ！〉とわめいてやったら、また殴る蹴るの仕置きをされた。

剛志をぶち込んでいった連中は、服は置いていったので、フリチンで過ごすハメは免れた。

部屋には便所穴のほかには、なにもない。鉄製のドアの覗き窓は閉じられていて、廊下方面の情報収集手段は耳を澄ませてみるぐらい。ドアの反対側の壁の高いところに明かり取りの窓があるが、身長百八十五センチの剛志がジャンプしても手が届かない場所だった。外のようすを調べる方法も、とりあえずはなし。

「やれやれ」

とため息をついて、剛志はなるべく汚れの少ないあたりに腰を下ろし、ごろりと横たわった。

「体力温存、『果報は寝て待て』だ」

そう自分に命じて、目を閉じた。胸に渦巻く不安と憂慮を無理やり封じ込んで、体力稼ぎの眠りに落ちた。

立花が壊れた原因はわかっている。SP任務中に負った瀕死《ひんし》の重傷のトラウマが癒えていない、精神的に不安定な状態で、異国での過酷な任務に就かされた……任務だから遂行しなくてはならないという強い意志の力で、下手をするとパニック症状が出るような自分を抑えに抑えて、ゲリラ活動の一翼を担う激務をこなし続けてきた……そのツケが来たのだ。

ああなってしまった立花に必要なのは、静養と慰撫だが、どちらも望めないだろう状況を考えると、むしろ正気をなくしているほうがマシかもしれない。

もちろん剛志には、このままあきらめる気などは毛頭ないし、あのスケベ野郎もそれなりに手を打ってくるはずだが、救出作戦が行なわれるとしても準備期間がいるだろう。

それまでの、予想によればかなり過酷なことになりそうな待ち時間を、あの人は雲の上に魂を浮かばせた状態で過ごすなら、いっそ幸いというものだ。

そう……正気じゃないあの人には尋問もできないってわけで、口を割らせるための拷問《ごうもん》なんて扱いは、あの人は受けずに済むだろう。そのぶんは俺が引き受けるってことで、まずはとにかく体力だ。

がちゃがちゃと鍵を開ける音で目が覚めたが、面倒だったので転がったままでいたら、入ってきた看守に蹴《け》り起こされた。

とくに抵抗はしなかったのだが、背手《うしろで》に手錠をかけられ三人がかりで乱暴に引っ立てられて行ったのは、「やっぱりね」の尋問室らしい場所だった。

目つきのするどい痩《や》せた男が待っていて、ベルト付きの椅子に緊縛され、まずは殴られた。体を固定されて殴られると、通常の五割増しに効くのを知った。

『さて、歓迎はここまでだ。しゃべってもらおうか』

尋問官は英語を使ってきたので、剛志《ごうし》も英語で答えた。

『その前に鼻をかませてくれ。鼻血が詰まってしゃべりにくい』

尋問官はティッシュをくれる代わりに、係に剛志の横面をひっぱたかせた。

『まずは国籍だ』

『……日本』

『身分は』

『休暇中の警察官』

『名前は』

『ゴウシ・サイジョウだよ。スペルはそのパスポートに書いてあるとおりだ』

尋問官の手元に置いてある、さっき取り上げられたパスポートを顎《あご》で指して教えてやったら、警棒使用のぶん殴り係に肩骨をどやされた。

『きさまはしゃべり好きらしい』

せせら笑った尋問官に、『そりゃどーも』と会釈を返してやった。

『仲間のほうは無口だったがな』

剛志は自分の目の色が変わるのを感じながら聞き返した。

『彼もこんなふうに殴ったのか!?』

『質問するのはこちらだ』

尋問官は冷ややかに言い、剛志は腹の中で（こいつには笞《むち》打ち千回）と決めた。いずれむしり取ってやるリベンジの量刑だ。

『このパスポートによると、もう一人のほうは日本国の外交官らしいが、きさまらが我が国に潜入した目的は？』

『友人を訪問しに』

『その友人というのは、誰のことかね』

『あんたじゃない』

軽口の罰は打擲《ちょうちゃく》五回。最後の、耳をかすめた一撃が一番痛かった。警棒がかすった耳はしばらくジンジンと激痛を訴え、剛志は人体の意外な弱点を学習した。

『きさまらが、異教徒と結んだ亡国の反逆者アッジール・イシュタバールの一味であることはわかっている。

だが悔い改める者には、アッラーも慈悲を垂れたもう。逆賊どもの潜伏場所はどこだ。ハジシ家から逃げ出して、どこへ隠れた？

アッジール・イシュタバールの居場所さえ吐けば、きさまと仲間はすぐに国に帰してやる。これは正式な取り引きだ』

『ありがたい申し出で飛びつきたいのは山々なんだが、あいにく俺達はアッジール王の引き上げ先は知らない』

『知らないのではなく、忘れたのだろう』

尋問官は決めつけ、続けたセリフは、映画などでのこういう場面のお約束といった、

『思い出してもらおう』

『ほんとうに知らないんだが、信じちゃくれないんだろうな』

『なに、すぐに思い出す』

それからの何十分間かは、まるで悪夢だった。

おなじ場所をくり返し警棒で殴られると、最初は痛みが加速度的に増して行くが、ＭＡＸを

耐えきると、あとは神経が麻痺《まひ》して感じなくなる。相手もそれを知っていて、感覚が鈍ったとわかると別の場所を殴り始める。

　そこまでは、まあ耐えられた。ところが、このやり方には第二段階があったのだ。右の二の腕をやられ、左の二の腕も痺《しび》れるまで殴られたあと、警棒役はふたたび右腕を殴りつけてきた。その、紫色に内出血した上をどやされる痛さといったら！　一回目の時のＭＡＸの激痛を出発点にして増大する痛みは、一撃ごとに心臓が止まりそうなショックとしてタマを縮こまらせ、全身が脂汗《あぶらあせ》を噴く。

　さらに尋問官は言葉でも責めてきた。

『そろそろ骨にひびが入り始めているころだが、折れるまで辛抱する気かね？　もしや、そこまでやれば我々が手を緩めるだろうと期待しているなら、無駄だぞ。

　きさまが我々を満足させる返事をしないかぎり、折れた骨がこなごなに砕けるまで作業は続けられる。まあ、その腕は二度と使い物にならんな。

　そして右腕をつぶしてだめなら、こんどは左腕。さらに強情を張るなら、次は右すね、それから左すね。それでもだめなら右もも、左ももだ。まあ、両ももをミンチにされるまで耐えきった者はいないがな』

　……拷問《ごうもん》というのは、肉体的な苦痛を道具に使って、人間が持っている身体の損傷や死への本能的な恐怖を操り、パニックに陥らせて理性をかなぐり捨てさせるテクニックなのだった。

『きさまは、日本人にしては立派な体つきをしている。さぞ女にモテるのだろうが、この腕が役立たずのただの棒のようになってしまっては、女を抱くのもままならんぞ。しかもこのまま強情を張り続けるなら、きさまは両腕を失うことになる。そうなった自分を考えてみたまえ。けっして楽しい想像ではないと思うぞ。

だが、いまならまだ間に合う。情報を明かしてくれれば、医者の手当てを受けさせてやる。さあ、アッジール・イシュタバールの潜伏場所はどこかね』

剛志が『知らない』と言い張ったのは、拷問にもめげない精神力のせいではなく、実際にアジトのことは何も知らなかったからだった。

『俺は何も知らないっ』

生まれてこのかた味わったことがない、耐えがたい痛みと恐怖とにすすり泣きながら、剛志は何度となく訴えた。

『や、役割はそれぞれ、ぶ、分担されていて、俺達は王の身辺警護役だった。ア、アジトの手配は、手配は王の近衛《このえ》がやっていて、俺達はただ、ただ王に同行していただけだ！　ほんとうに何も、何も知らないんだ！　頼む、頼むからもうやめてくれっ』

懇願は無視され、なおも容赦なく痛めつけられたが、知らないことは白状しようがない。

剛志を救ってくれたのは、祈りの時刻が来たことを知らせるアザーン（呼びかけ）の声だった。

尋問官は『作業』の中断を告げ、剛志は収監室に戻された。

放り出されたままの格好でコンクリート床にうずくまって、剛志はヒィヒィすすり泣いた。

殴られた腕の骨はまだ無事のようだったが、プライドはこなごなに打ち砕かれていた。

やめてくれ、助けてくれと、何度泣きわめいたかわからない。自分の醜態を思い返すにつけ、みじめさに胸が張り裂けそうになる。俺はこんな弱い人間だったのかと、情けなくてみじめでみじめで……

だが、祈りの時間が終わればふたたびあれをやられるのだと思うと、心底恐ろしくてたまらないのだ。

あの痛苦にふたたびさらされるよりは、何でもしゃべってしまいたい。知っていさえすれば、何でもしゃべってやるものを！

「なんで俺がこんな目に遭うんだっ、なんで俺なんだよっ。俺はあのスケベ野郎に忠誠を誓った覚えなんかないっ。忠誠どころか、ノシつけて売りつけてやりたいぐらいだってのにっ。

ああっ、くそっ、なんだってほいほい影武者なんか引き受けたんだっ。あんな話は蹴ってやりゃよかったんだよっ、くっそォッ！

……痛ェ……痛ェよ、立花《たちばな》さん……」

剛志をパニックから救い出したのは、我知らずつぶやいた立花の名だった。

ハッと目覚めた思いで、剛志は頭を上げた。

「だよ……立花さんはどうした⁉　ちくしょう、しっかりしやがれ！　機動隊根性はどこへやったんだよ！」

腕は手錠でいましめられたままで、殴られたそこかしこがズキリズキリと痛みまくっている体を、〈えぇい、くそっ！〉と起き上がらせて、ドアのところへ行った。履いていてラッキーだった革ブーツの踵《かかと》でガンッガンッと鉄板を蹴りつけながら怒鳴った。

「立花さん！　立花さん！　無事ですか！　生きてますかっ、立花さん！」

〈うるさいぞ、黙れ！〉

という声と一緒に、ドアの外側をガンッと殴った音がしたが、剛志は黙らなかった。さらにガンガンとドアを蹴りながらわめいた。

〈立花さんに会わせろ！　ここを開けろ、俺を出せ！　あの人に何かあったら、きさまら全員地獄に突っ込んでやるぞ！　出せー!!〉

その目の前で窓の蓋《ふた》が開いた。覗《のぞ》き込んできたひげ面の、

〈おまえ、アラビア語がしゃべれるのか〉

という問いかけに、

〈それがどうした、この獣姦野郎！〉

とやり返した。

〈けっ、それだけしゃべれりゃ充分だ〉

最低の悪態への渋面を作って、ひげ面はバシンと窓を閉めた。

〈しゃべれたら何だってんだよ！　おいこら、戻って来い！　立花さんに会わせろー‼〉

そして剛志の望みは、思わぬ形でかなうことになった。五分ばかり怒鳴り続けたところで、また外からガンッとドアを殴る音がして窓が開き、

〈出してやるから、おとなしくしろ〉

と、さっきのひげ面が。

剛志はもちろん舌鋒を収め、ヒツジのようにおとなしく連れ出された。

ひげ面が先に立ち、もう一人護衛がついて連れて行かれたのは、剛志がやられたのと似たような尋問室だった。

ひげ面がドアをノックし、中の人間がドアを開けた。部屋のすみのベンチに座っている立花を見つけた。

部屋に飛び込み、立花に駆け寄った剛志を、誰も止めには来なかった。

「立花さん！」

と呼びかけても、やはり反応は返って来なかったが、立花が無事な姿でいるだけで充分だった。上半身を裸にされているのは、右肩の銃創を手当てするためだったらしく、傷には清潔なガーゼを貼《は》ってあるところから見ても、紳士的な取り扱いを受けていたようだ。剛志は立花の足元にひざまずき、ぼんやりとうつむいている窶《やつ》れきった美貌《びぼう》を覗き込んだ。

相変わらずうつろな無表情で、くまにふちどられた落ちくぼんだ目は、やはり何も映してはいなそうだったが、剛志はかまわず話しかけた。

「立花さん？　俺のこと、わかりませんか？　まだ何にもわかんなくなっちまってるまんまですか？　俺です、あんたにつきまとってる西條《さいじょう》剛志です。立花さん？」

その肩を後ろからぐっとつかまれて、アウッと悲鳴を嚙《か》み殺した。つかまれたのは腫《は》れ上がった傷の上。

痛ェんだよ、この野郎！　と思いつつ振り向いた。相手は、さっきドアを開けた男で、たぶん立花を担当している尋問官だろう。

〈この人は殴らなかったようだな。感謝する〉

という剛志の開口一番に、でっぷりと太った中年のアラブ人は、

〈私は医者だ〉

と肩をすくめてみせた。

〈医者か、ありがたい。彼を看てやってくれ。あー、肩の傷のことじゃない〉

〈私もそのために呼ばれたんだが、私は日本語などわからん〉

〈しゃべったのか!?〉

目を輝かせた剛志に、医者は〈ああ〉とうなずき、

〈彼は麻薬患者か？〉

と聞いてきた。じつは正確には理解できなかったのだが、ハシシュという言葉が混じったから、たぶんそんな意味だろう。

〈違う〉

と答えて、聞き返した。

〈この人がしゃべったというのは、ほんとうか⁉〉

〈ああ。これしか言わんが〉

言いながら、医者は手を伸ばして立花の髪をつかみ、ぐいと上げさせた顔に無造作に平手打ちを見舞った。

〈やめろ！〉

と怒鳴った剛志を無視して、フランクフルトソーセージほどもある太い指を生やしたでかい手で、もう二発、立花の頬《ほお》を殴って、

〈そら、これだ〉

と剛志を見やってきた。

立花の口から、細い声が洩《も》れていた。表情はない顔の、唇だけがわずかに動いて、かぼそく紡ぎ出しているのは……

ね〜んね〜んころ〜りよ〜、おこ〜ろ〜り〜よ〜……

ゾッとなった胸からふうっと込み上げた涙を無意識に呑み戻そうとして、ぐびと喉《のど》が鳴った。

〈これはどういう意味の言葉だ〉

という医者の質問に、哀しくて笑い出してしまいそうになりながら答えてやった。

〈子守歌だよ。日本の子守歌だ〉

〈……ほんとうか?〉

〈ああ。これは母親が赤ん坊に歌ってやる歌だ。『ぼうやはよい子だ、すやすやお眠り』って意味のな。日本人はみな知ってる〉

解説してやって、こっちの質問を向けた。

〈それで、ほかには?〉

〈これだけだ〉

医者は頭をかきながら言い、剛志はうなだれた。立花が正気をなくしたなら幸いと考えていたが、事実を目の当たりにしてみて、そんな考えは吹き飛んだ。

剛志が知っていた、美人でタフで冷酷なあの人はどこに行った? 焦点をなくした目で子守歌を口ずさんでいる、この哀れな抜け殻男が『立花美晴《みはる》』だって? 冗談じゃない!

〈この病気は治るか?〉

と聞いてみた。敵に尋ねることではなかったが、相手は医者だという思いがあった。

〈病気?〉

と聞き返されても、医学用語など知らない。

〈あー……たくさんの辛抱、頑張り過ぎて、うー……魂が体から逃げ出した。治るか？〉

〈……ふむ。そういうことか〉

医者はうなずき、いかにもアラブ人らしい見立てを言った。

〈それはアッラーだけがご存じだ〉

医者の治療に期待していた剛志は、

「やぶ医者めっ」

と毒突いてやった。


魂が体から逃げ出したという説明は、例の手厳しい尋問官も納得させたようだった。

〈正気に戻る可能性はあるか〉

という尋問官の問いに、医者は剛志に言ったのとおなじ答えを返し、これまた尋問官は納得した。

それで思いついて、

〈俺と一緒にいれば、正気に戻るかもしれない〉

と持ちかけてみた。

〈なぜなら俺は、彼に子守歌を歌ってやれるからだ〉

という理由説明もただの思いつきだったが、尋問官はうなずいた。

〈どのみち、悪いジン（精霊）に魂を抜かれた者の面倒など、誰も見たがらん〉

偏見と差別に満ちた言いぐさだったが、この場合は大歓迎だ。

二人一緒に戻された独房での、手錠を外してくれという要求も、完全にではなかったが呑んでもらえた。背手に掛けられていたのを、前手に替えてもらえただけだったが、少なくとも立花を抱きしめてやることはできるようになった。

それから五日間、二人は朝と夕に水とパンを与えられる以外はまったく放っておかれたが、あとから思えば悪い生活ではなかった。

最初の二日は、とにかく眠って過ごした。剛志のほうは、殴られ傷の疼《うず》きと発熱で起きていられる状態ではなかったし、立花は、剛志が胸の中に抱き込んでいてやりさえすれば、いくらでもすうすうと眠り続けたからだ。

ただし、よく眠っているからと思って体を離すと、ぱちりと目を開けてしまう。そして目を開けている時というのは、強度の緊張に支配されている状態らしい。ヨシヨシと抱き直してやると、体がホッとこわばりを解くのがわかるのだ。

おかげで剛志は、痛む体が求める転々の寝返りも辛抱して、立花の添い寝を務めてやるハメになったが、もしもほかに誰かいたとしても役を譲りはしなかったろう。立花のふるまいは当人の記憶には書き込まれないだろうし、剛志の心遣いもおなじくで、片思いの点数稼ぎにはならないだろうが、どういう形にしろ、思う相手から頼られる気分というのは格別のものだったからだ。

立花に食事を摂らせるには、いささかの研究が必要だった。試行錯誤の結果、肩を抱いて言葉であやしながら、水に浸したパンを口に入れてやれば、咀嚼《そしゃく》と嚥下《えんか》はできるとわかった。

「はーい、口開けてください、まずはオードブルだ。一口目はごそごそパンの水浸し。二口目はもそもそパンの水浸し。

ははは、うまくはないっすよね。俺は食い物には文句はつけない主義ですが、このホテルのめしはひど過ぎだ。せめてスープぐらいつけてもらいたいですよねェ。

けど食わなきゃ体が保《も》ちませんから。はい、三口目のパン・ド・水浸し。

そう言やァ、みそ汁食いたくありませんか？　こっち来て二か月になるすけど、俺なんか、みそ汁の夢見ますよ。あと、白いめしと海苔《のり》のつくだ煮。俺は長野《ながの》ですけど、野沢菜よりそっちなんだよなァ。

そう言や、立花さんは出身はどこです？　関東圏ですよね。千葉《ちば》か神奈川《かながわ》あたりじゃないっすか？　調子がよくなったら、そんな話もしましょうね」

適当に思いつきをしゃべりしゃべり、親鳥がヒナを養うように一切れずつパンを口に入れてやる作業は、立花がまともだったら絶対やらせてもらえないことで、剛志はその点ではおおいに楽しんだ。

三日目には剛志の熱もほぼ下がり、立花も少しずつ回復の兆しを見せ始めた。呼びかけると目を開けたり、瞳を動かしてこちらを見たりするようになったのだ。

だが対人認識能力はまだ眠ったままらしくて、目を向けた相手が誰だかはわかっていないようだった。また呼びかけへの反応も、自分の名を呼ばれたと認識しているわけではなく、声がするほうへ目を向けるといった新生児レベルのようだ。

まる二日間の静養で、立花の目の下からくまが消えたのは、うれしい発見だった。

「そうらね、やっぱ寝不足は美容によくないんです。それにしても、あんたほんとひげは薄いですね。俺なんか一日たったらざらざらですけど」

そんなおしゃべりと一緒に頬を触らせてもらったら、意外なことに立花は、手に顔をすり寄せるという反応を見せた。

「オッ!?」と一瞬喜んだ剛志だったが、よく考えてみれば、相手が自分だとわかってそうしたことをしてきているのではない。

「あのですねェ、もしや俺をあのヤギひげのスケベ野郎と間違えてるんなら怒りますよ」

ぼやいてやって、このさい刷り込みをやっておこうと思いついた。

「いまあんたといるのは西條剛志、アッジール何たらじゃなくって西條剛志ですからね。そこんとこヨロシクですよ、ほんとに」

立花はぼんやりと天井を眺めていて、聞こえているのかどうかも定かではなかったが、剛志はそれを百回ばかりも立花の耳に吹き込んでおいた。一時期流行《はや》った睡眠学習法のような効果

が、得られないともかぎらないではないか？

「おっと、めしだ。やれやれ、いいかげん米のめしが食いたいですよねェ」

四日目。剛志は、立花の手を引いて部屋の中を歩きまわる『散歩』を始めた。一周二十四歩の狭苦しいフィールドだったが、じっと座っていても退屈なだけだし、体力も落ちて行くばかりだ。

立花は、手を引いてやればいくらでもぐるぐる歩きについて来たし、最初はおぼつかなかった足取りも徐々にしっかりしてきて、肉体疲労のほうはかなり回復しているようだった。

また立花は、ときおりじっと剛志の顔を見つめてくるようになった。まだ表情は乏しいが、誰だか知っているはずなのに思い出せないといったふうな心地でいるらしいのは察せられた。

もちろん剛志は、そうした時には「西條剛志です。敦志《あつし》でもアッジールでもない剛志ですから、そこんとこヨロシク」という自己宣伝をくり返し言ってやった。これだけ尽くしておいて、体格やひげ面のせいでアッジールと思い違えられたりするなら、いい面の皮というものだから。

そして五日目。

鉄扉の差し入れ口が閉じられたガチャンという音で目が覚めた。腕の中の同居人も目を覚ましたようだったので、「おはようございます」と声をかけた。

「めしが来ましたよ。起きましょう」

と続けて、まだ動くと痛む体に顔をしかめながら、枕に貸してあった腕を抜こうとした。

「……どこだ？」

とつぶやいた声に、「え」と腕枕の上の顔を見やった。

「立花さん？」

と呼んでみると、立花は開けていた目を剛志の顔に向けてきて、

「どこだ」

と返してきた。目にも声にも、はっきりとした意思の力を宿らせてだ。

思わずぐっと抱きしめた。

「あはっ、はははは！　マジっすよね!?　俺がわかるんですよね？」

「あたりまえだ」

と、覚めたとたんに冷酷な表情を取り戻した美人は、冷たく言ってくれつつ起き上がり、あたりを見回しながら続けた。

「ここはどこだ？　状況を説明しろ」

「念のために聞きますけど、俺の名前は？」

立花は何が言いたいんだという顔で眉《まゆ》をひそめつつ答えてきた。

「……『西條剛志』だろうが」

涙が出るほどホッとするという心情を生まれて初めて味わいながら、剛志は「ピンポーン、

正解です」とおちゃらけた。

「それで?」

自分の質問への返事をうながしてきた立花は、茫然《ぼうぜん》自失状態を抜けてすっかり元どおりに戻ったようだ。

喜びのコサックダンスでも踊りたい気分で、剛志は答えた。

「バルコニーでの大芝居は覚えてますか?」

「バルコニー……」

「ハジシのじいさんのところのです」

「……ああ。スナイパーが撃ってきた。一発目ははずれて」

「あれから五日目の朝です」

「五日?」

心底驚いている顔をした立花は、案の定、心神喪失状態でいたあいだの記憶がまったくないらしい。

「ええ、五日です。あんたはずっと眠ってて、俺は話し相手がいなくて退屈しました」

「負傷のせいか」

立花は自分の右肩を見やり、ガーゼをあてがった傷に手で触れて調査して、柳眉《りゅうび》とでもいうようなほっそりと秀麗な眉をひそめた。

「ではなさそうだな」

「はあ、まあ」

「……やったのか」

と唸《うな》った立花はおよその推測をつけているらしかったので、剛志は事実を教えてやることにした。

「ものの見事にプッツン、ってなぐあいでした。ハジシ家の連中に捕まったあたりから、記憶がないでしょう？　けど、そのおかげで連中は、あんたの尋問はあきらめてくれまして」

「……なるほど」

うなずいた立花が、こちらに伸ばしてきた手をひたとひたいに当ててきて、剛志はドキンと心臓が躍るのを覚えた。

「熱があるな。どの程度やられたんだ。毎日か？」

「や、初日だけです」

「手当ては？」

「とくには」

「見せてみろ」

「もう治ってます」

「いいから見せろ。場所は？」

「ヤバいとこで」

とふざけたら顔色を変えられて、あわてて言い直した。

「腕・肩・背中ってあたりです」

「起きるのはつらいか？」

「いえ、べつに」

起き上がって、着の身着のままでいいかげん汗くさいアラブ衣装をはだけてみせた。

「鏡がないんで二の腕しか見てないですが、背中方面も、ホルスタイン牛みたいな紫ぶちになってるんじゃないですかね」

「ああ、プラス赤あざ青あざの三色塗りだな」

ため息混じりに指先でつつかれて、ウッと息を詰めた。

「まだ痛むだろうな、このようすでは。手は問題なく動くか？」

尋ねられて、グーパーとやってみせた。

「親指から順に折り曲げてみろ」

「こうですか？」

親指、人差し指と順に曲げていき、小指から順にひらいていく手の運動をやってみせた。

「……もっと早く。もっと……いいと言うまでくり返せ」

「SATの訓練みたいですね」

「手先が利くかどうかは重要だ」

「たしかに。めしを食うにもセックスするにも重要じゃありますね」

言いつつ閉じてはひらきをやってみせて、

「よかろう」

という判定をもらった。

「立花さんのほうはだいじょうぶですか?」

「どうだろうな」

首をかしげて立ち上がると、立花は軽くストレッチ体操をやってから、格闘術の基本動作をやってみて、

「およそ行けるようだ」

と自己判定した。

ブラックスーツのズボンも白のワイシャツも着汚れてよれよれで、シャツの裾《すそ》ははみ出しっぱなしという格好だったが、そうした乱れた服装はかえって演武に色香を添えて、剛志はひそかに鼻血を心配した。

動きを止めた立花が、顔をしかめて言った。

「少し眩暈《めまい》がする」

「腹が減ってるせいでしょう」

剛志は顎をしゃくって、差し入れ口から届けられている朝食を示してみせた。

「あのメニューで、おまけに一日二食なんですよ。俺はもう、みそ汁付きの白いめしを腹いっぱい食う夢を見ちゃァ七転八倒です」

そうおどけてみせて、続けた。

「で？　脱出作戦を組みますか？」

「その前に、正確に状況を把握したい」

ぴたりと目に目を合わせてきた立花に、剛志は答えた。

「俺はしゃべってないです」

それから、信じてもらうにはどう説明したらいいだろうかと考え、事実をそのまま言うことにした。さすがに立花の視線を受け止めたままでは言えなくて、目を伏せてしゃべった。

「はっきり言って、拷問ってやつにはまいりました。いま思えば、骨一本ぶち折られたわけじゃないんですが、あの時はマジでビビった。だから、もし俺がチームの潜伏場所の情報を持ってたら、迷わず吐いてたと思います。

……情けない話ですが、ぶん殴られないで済むためなら、きっと大喜びで白状してました。手加減なんざ期待できないとわかっててカマされる暴力が、あんなに怖いもんだとは知りませんでした。やられてるあいだ、俺はあんたのことすら忘れてたんですよ……まったく、あんたのためなら死ねるだの何だの、大きな口をたたいたもんです」

思い返せば改めて悔し涙が込み上げる思いで自嘲《じちょう》して、剛志は話を進めた。

「けど、あいにくっていうか、幸い、俺は連中の行き先を知りません。近衛の連中の作戦勝ちってやつです。

でもってこっちの連中も、こいつは何も知らないってわかったんでしょうね。俺は腕をミンチにされずに済みました。

俺にわかってる『状況』は、そんなところです」

「よくわかった」

立花はうなずいて、真剣な目つきで言った。

「僕はどうだったか、わかるか？　記憶に残っていない五日間のあいだに、情報を洩《も》らしてしまった可能性についてだ」

剛志は考え、できるだけ順序立てて自分の知っている経緯を説明した。

「ここへ連行されてすぐ、俺とあんたは引き離されて、俺がたたかれてたあいだに、あんたが何をされてたのかは、俺にはわかりません。一時間か二時間……たぶんそのくらいと思いますが。

あんたのところへ連れて行かれた時、あんたは完璧に魂が飛んじまってるって感じの状態で、日本語で子守歌を口ずさんでました。

医者にはあんたが歌ってた日本語がわからなかったんで、俺が呼ばれたんです。

医者はあんたが心神喪失だって認定し、尋問官も納得して、俺達は一緒に放り込まれることになりました。以後五日間、ずっと放っておかれてます」

「一度も再尋問はなしにか？」

立花はひどく重大な懸念を尋ねる調子で言い、剛志の「はい」という返事に唸った。

「……僕が自白剤を使われた形跡はなかったか？　と言っても、そうしたケースを見たことはないだろうから、わからないだろうな」

「はあ……」

「きみは何も知らず、僕は尋問できない状態だったから、放っておかれたのか。あるいは僕はしゃべってしまっていて」

「知ってるんですか？」

声を落として聞き返した剛志に、立花は「きみよりは」と答えて、苦笑した。

「僕は特命外交官という立場の正式メンバーで、きみは僕のオマケという立場だ。情報の流通が同等ではなかった点はあきらめろ」

「いや、ンなことはどうでも」

と顔の前で手を振ってみせた。

「それより、だったら正気に戻ったことは隠しとかないと」

立花がああした拷問を受ける可能性への危惧《きぐ》を、ぎゅっとひそめた眉間《みけん》に表わした剛志に、立花は薄く笑って言った。

「いや。魂は舞い戻ったと教えて、向こうのようすを探り出そう。尋問をかけてくるようなら、王の居場所はいまだに不明だということになるからな」

「そんなことしたって、何の役に立つんです!?」

思わず怒鳴って、剛志は瞬間沸騰した激昂《げっこう》のままにガミガミと言いつのった。

「あいつがうまく逃げきってようが、とっくに捕まっちまってようが、俺達はもう舞台から下りてるんです！　それをわざわざ舞い戻って、痛い目に遭う代わりに情報をつかんだって、それが何になるんです!?　やつに『これこれだ』ってな報告はがきでも出すんですか!?　そりゃ、あんたはまだまだ働いてやりたいでしょうけど、俺達の出番はもう、はっきりキッパリ終わったんですよ！」

「それで？」

立花はいとも冷ややかに言った。

「とりあえず安全らしいここで、根が生えるまで座り込んでいる気か？」

「やっ！　い、いえ、それは」

「きみがそうしたいと言うなら止めはしないが、僕は、いずれは仕事を終わらせて故国《くに》に帰りたい。老衰で死ぬまでこんなところに閉じこもっている気などないんだ」

そしてすらりと立ち上がり、ガンガンとドアをたたいてアラビア語で叫んだ。

〈看守！　看守はいないか！〉

「せめて朝めし食ってからにしませんか」

という提案は無視された。

〈日本国政府の公式派遣員として、外交交渉を要求する！　看守！〉

ガンッという外からの打撃音を先触れにして覗き窓が開き、立花は全権大使の貫禄《かんろく》で申し入れた。

〈そちらの政府の外務担当責任者と会談したい。取り次いでくれたまえ〉

「休暇は終わりか」

とつぶやいて、剛志はオッシャと自分に活を入れた。

オッシャ来いだ、くそォ。またぶん殴られても、こんどは立花さんに看病してもらえるはずだからな。それを楽しみに踏ん張ってやろうじゃないか。

しかし、看守が連れて行ったのは立花一人で、剛志は悶々《もんもん》と過ごす待ち地獄に落ちることになったのだった。


尋問室に連れて行かれて、机の向こうに座った目つきするどい酷薄そうな尋問官と目が合ったとたん、美晴は〈真性のサディストだ〉と感じた。

〈客人はそちらに〉

と看守に指示した尋問官の声には、内心での舌なめずりが聞こえて、先行きが読めた。ただの虐待か性的虐待ということになるのかは先方の嗜好《しこう》次第だが、どちらにしろ、オモチャにされる覚悟は必要だろう。

死なない程度にしてくれるとありがたいがと考えて、そうした予想にまったく恐怖心を覚えていない自分に気がついた。

まだ正常ではないのだなと頭のすみで分析しながら、美晴は、

〈これをはずしてもらいたい〉

と手錠をかけられた両手を示してみせ、尋問官は知らんふりで机の前の椅子を指してみせた。

〈まあ、座りたまえ〉

〈こうした取り扱いは不当だ〉

美晴はそう抗議を開始した。感情的には不感症でも、理性が管轄する知的能力は衰えていないようだから、任務遂行に不足はない。

〈国際法にてらした人権の尊重を要求する〉

〈もちろん、我が国は人権を重んじる文明国家であるから、たとえば不法に密入国した外国人に対しても、こうした弁明の機会を与えている〉

〈いまの言い方は、本官を『不法な密入国者』と捉《とら》えているようだが？〉

〈違うというのかね？〉

〈もちろんだ。本官は正当な手続きを踏んで入国している。そのことはパスポートにも記載されているはずだ〉

美晴は尋問官の手元においてある自分の外交官パスポートを指してみせ、尋問官はパスポートを取り上げてパラパラとめくりながら言った。

〈きみが言っている正当な手続きというのは、ここにあるアッジール・モハンムド・イシュタバールのサインと押印のことかな?〉

〈そうだ〉

〈アッジール・イシュタバールは反逆者だ〉

〈日本国政府は、イシュタバール王家との外交関係を堅持する方針でいる〉

〈アル・イシュタバ首長国連邦は現在ハブシャヌール政権下にある〉

〈日本政府の見解では、軍事クーデターによって政権を奪取したハブシャヌール一派による現政府は、容認しがたいものである〉

〈我が国の内政に干渉する気か?〉

〈そうした意図はないが、アル・イシュタバ首長国連邦の内紛は我が国の経済にも重大な影響を及ぼしているため、すみやかな解決が図られるよう、アッジール王を支援している〉

〈アッジール・イシュタバールは『王』ではない!〉

机をたたいて怒鳴った尋問官に、美晴は落ち着き払って返した。

ない。

〈見解の相違があることは理解している〉

尋問官はすさまじい目つきで美晴を睨《にら》みつけてきたが、目つき程度の脅《おど》しに屈する美晴ではない。

〈おたがいの立場がはっきりしたところで、最初の話に戻りたい〉

と前置きして、手錠の解除を求めた。

〈要求は呑めない〉

という返事に、

〈たいへん遺憾《いかん》だ〉

と答えて、さっき勧められた椅子に腰を下ろした。

〈さて、本官はそちらの政府の外務担当責任者との面談を求めたのだが、あなたがそうか？〉

〈きみは現在スパイ容疑で収監されている〉

〈遺憾に思い、抗議する〉

〈度胸は認めるが、利口ではないな〉

それまでの四角四面とはがらりと口調を変えて、そうせせら笑った尋問官に、美晴は心の準備を固めた。

〈本官と西條事務官をただちに解放してくれるよう、政府筋のしかるべき人物と交渉したい〉

〈アッジール・イシュタバールとその一味の潜伏場所を言え〉

〈王は王宮にいる〉

〈まじめに答えたほうが身のためだ〉

〈あるいは彼の領地にある離宮のほうかもしれない〉

〈場所は？〉

〈本官は承知していない〉

〈話にならんな〉

〈同感だ〉

尋問官の腹の中では、サディストの本性がうずうずとチャンスをうかがっているのがわかっていて、美晴は挑発にかかっていた。

昂然《こうぜん》と頭を上げて、ああ言えばこう言うの受け答えをする自分の態度が、相手の嗜虐心《しぎゃくしん》をそそっているのが見て取れる。やがて彼は腹立たしい異教徒へのいたぶりの牙を剝《む》くだろう。

だが、それこそが美晴の狙いだった。この男の関心を自分に引きつけてしまうことで、少なくとも剛志への風当たりは弱められるだろうから。

アッジールの支援については戦線離脱した格好の美晴にとって、いまもっとも重要なのは、保護すべき日本国民の一人である西條剛志の安全を守り、在外外交官としての責務を全うすることだった。

〈きみはまず、自分の立場を理解する必要があるようだ〉

尋問官が言って、美晴の後ろに立っていた看守達に向かって合図を送った。

〈脱がせろ。全部だ〉

美晴はもちろん言葉のかぎりに抗議し、実力を行使しての抵抗も行なった。だが、アッジールの近衛達とおなじぐらい屈強で、美晴に情けをかける理由のない男達は、容赦のない力ずくで美晴の衣服を剝《は》ぎ取った。

全裸にされた美晴の、訓練中に負った古傷だらけの精悍《せいかん》な体を見て、尋問官は目を細めた。

〈ほほう……文官にしては度胸が据《す》わっていると思ったら、兵士上がりか〉

〈本務は警察官だ〉

とやり返した美晴の頰に平手打ちを見舞って、尋問官は悦に入った調子で言った。

〈どちらにしろ、いまはただの捕虜だ〉

それからベンチに両手をつながれ、ひざまずかされた格好で、背中を笞打たれた。感触からすると細い竹の棒のような笞での打擲は、剛志がやられた警棒での殴打と違って、一撃ずつのダメージは浅い。だが浅いかわりにするどく肌を痛めつけ、二度目に打たれた場所は皮膚が裂けて血がにじむ。

たちまち美晴の背中や尻には、ヒリヒリと痛む傷が縦横に刻みつけられたが、心理的なダメージはほとんどないに等しかった。肉体と精神とが分離しているような客観的な気分で、美晴は痛めつけられる自分を観察していた。また殴られる肉体に同情心がないぶん、痛感は鈍らしいことを発見した。

あるいは敵の打ち方が、ＳＭプレイとしての手心のくわわったものなのかもしれないが。

〈声一つ上げないとは、なかなか強情だな、外交官どの〉

感心するふうを装ってからかってきた尋問官に、美晴はしゃべるのにじゃまな生理的な呻《うめ》きを嚙み殺してやり返した。

〈捕虜の虐待はジュネーブ条約違反だ〉

美晴はナルシストではなく、自分の容姿についても十人並みだという程度の認識で、これまでに多くの男達を魅きつけてきた自分自身の煽情《せんじよう》性を、正確に把握しているとは言いがたかった。

厳しいゲリラ生活に贅肉《ぜいにく》をそぎ落とされた美貌と、キッと唇を嚙み締めて凛《りん》と相手を睨みつける表情が、踏みにじってみたくなる類《たぐい》のストイックな雰囲気を演出していることには気づかず、美晴は挑発を続行した。

〈すみやかな待遇の改善を要求する〉

尋問官は〈よかろう〉とせせら笑って、いやらしく美晴の尻をなでた。

〈やめろ！〉

と叫んだのは、条件反射のようなものだった。そうした事態を想定していなかったわけではなく、また嫌悪感というほど強い情動があったわけでもなしに、とっさに言葉が出ていたのだから。

だが尋問官は、そんな美晴の反応に嬉々となって、さっそく陵辱《りょうじょく》にかかってきた。

柔襞《やわひだ》が裂けるのもかまわずにねじ込まれて突き犯され、体内に排泄《はいせつ》される……まさしく便所扱いの強姦《ごうかん》だった。自分が済ませると、尋問官は看守達にもお楽しみを味わわせてやり、それからふたたび自分が……

美晴は終始無言で暴行に耐えたが、じつは耐えるというほど積極的な行動だったわけではなかった。

笞打たれた時とおなじく、肉体と自我とは一体化するべきリンクを欠いていて、犯されている自分はまるで他人事《ひとごと》だったからだ。

投げやりやあきらめの境地といったようなことでもなく、胸中は涸《か》れた泉のようにただ乾きり、当然いだくべき屈辱感や怒りといった感情も湧《わ》いてはこない。そしてまた肉体も、裂傷をこすり立てられる痛みに勝手に息づかいが喘《あえ》いでしまうこと以外は、まったく平静なのだ。

精神的に壊れているというのは、存外便利な状態だ……などと考えつつ揺さぶられていて、ふと生理現象的にアアッと声が出た。

その瞬間、腰をつかんでいる男の手にぐっと力が入り、美晴は、これは利用できるかもしれないと気がついた。

アッアッという喘ぎに、〈も、もう〉という呻きを混ぜてみた。

〈どうした、強情もこれまでかね〉

という悦に入った責め言葉をヒントに、ついに強情が折れたふうを芝居して〈頼む、もうやめてくれ〉と洩らすと、二度目に励んでいた尋問官どのは、笑いたくなったほどあっさり逐《ちく》情《じょう》した。

〈ああ、もう……頼む、やめてくれ……死んでしまう〉

息も絶え絶えのうわごとめいた口調を作って言ってやると、尋問官どのは、まだやりたそうな看守達に、美晴を房に戻すよう命じた。つまり彼は、ある種の満足を得たあとは抑制を利かせられる、いわばノーマルなサディストなのだ。

そして看守達は、内心では不満たらたらながらも命令を遵守《じゅんしゅ》し、すなわち尋問官には部下を抑えられるだけの権威がある。

美晴は、今後の作戦を組むのに役立つ情報を得られたことに内心ほくそ笑みつつ、いかにも弱りきったふうを装って房まで連れ戻されたのだが……

「立花さん！」

という悲鳴のような叫びと一緒に、飛びかかるようにして抱きしめてきた剛志は、美晴の芝居を真に受けて度を失っていた。

〈ちくしょうっ、なんてまねを！　立花さんに手を出した奴らは全員、地獄にたたき込んでやるからな！〉

その激昂は本物で、美晴は、これは使えると考えた。

剛志の言動は、美晴がじつは男に尻を使わせることなどなんでもない経験豊富なゲイであることを糊塗《こと》し、サディストの尋問官に、汚す愉悦を楽しめる獲物であると思い込ませる有効な証言として働くだろう。

そこで美晴は、わざと剛志を突き飛ばし、

「僕を見るな」

と呻いて部屋のすみまでよろめき逃げると、全裸に剝かれた格好のままの体を丸めてうずくまった。生まれて初めて男に強姦されるという経験をした男なら、そうしたふるまいをするだろうから。

「た、立花さん」

という剛志のうろたえ声にかぶって、ガシャンとドアが閉まる音がし、美晴は十秒待ってから顔を上げた。覗き窓も閉まっていることを確認してから、おろおろと立ちつくしている剛志に言ってやった。

「落ち着け。僕はだいじょうぶだ」

とたんに剛志はホッと愁眉《しゅうび》をひらき、

「その上着をよこせ」

と顎をしゃくった美晴に、

「は、はいっ」

　と長衣を脱いで着せかけた。

「ようすを見に来られた時のために、ドアに背を向けて僕を慰めているように見える態勢を取れ」

「は、はい」

「おっと、背中の傷には触らないでくれ」

「す、すみません」

「たいしたことはないが、いちおう痛いんだ」

「そうでしょう、ひどいもんだ。救急箱を請求します」

「ああ。だがその前に、作戦を説明しておく」

「作戦？」

「尋問官はタチのいいサディストで、僕が気に入ったらしい。これをできるかぎり利用する」

「利用……って」

　と顔をしかめた剛志の表情は、およその推測をつけているゆえの反対表明と読めたが、美晴は委細構わず話を続けた。

「要点は、ノーマルなバージンを調教する楽しみを手に入れたと思わせておくことと、それをネタに待遇の改善を引き出すことだ。たとえば、もっとましな食事や、毛布といった必要物資

か？」

「……それを、あんたの体をオモチャにさせるのと引き換えに手に入れよう……ってことです
をよこさせるよう交渉する」

　剛志の声には非難と嫌悪の思いがありありと聞き取れたが、美晴は「そうだ」と答えた。

「アッジール王の王権奪還作戦の進捗《しんちょく》状況がまったくつかめない今、ここでの捕虜生活はかなりの長丁場になる可能性が高いと見て、対策を練るべきだ。栄養失調や劣悪な睡眠環境による衰弱は、きみが考えているよりずっと早く人間を無力化する」

「しかし、だからと言って！」

「むろん僕は、食べ物を稼ぐために男娼《だんしょう》に堕《お》ちるといったことは断じてしない。誇り高い外交官として、断固として抵抗し続ける。それが僕の商品価値だからな。

　そしてきみも、彼らが僕をオモチャにするのは許しがたい冒瀆《ぼうとく》だと、つねに訴え続けてくれなくては困る」

「あたりまえでしょう！　あいつとのことは、あんたが好きになっちまった相手だから、俺には口がはさめませんでしたがっ」

「しっ！　彼と僕の関係は、洩れればこっちの命取りになる」

　そう制した美晴に、剛志は不満そうに唸ったが、頭は切れる男だ。

「たしかにね」

と了解した。

「あいつのことは以後、『ア』とも口にしないことにします」

「ぜひそうしてくれ。僕は生きてここを出たい。門倉《かどくら》課長からも絶対に帰って来いと厳命されているしな」

言って、美晴は不意にひどい疲れを感じた。

「しばらく眠る。膝 枕《ひざまくら》を借りてもいいか？」

「あ、はい。こんな膝でよけりゃ」

「枕なしで眠ると、必ず首の筋を違えるんだ」

言いながら背中を敷かないように横臥して、提供してもらった枕に頭を載せた。

「じつを言うと、僕はまだ完全にはまともじゃない」

と打ち明けたのは、膝を貸してくれた剛志の固い表情に気づいたからだった。

剛志は美晴が強姦を食らったことにショックを受け、傷ついてもいるようで、冷静な協同者でいてもらうためには、彼の憤激を多少とも癒《いや》してやる必要がある。

「感情が死んでいる感じで、痛覚も鈍っている。おかげで、三人がかりで輪姦されたが、精神的なダメージはゼロだ。強がりじゃない、ほんとうに何も感じなかった。

だから心配するな。いまさら汚れたの何のと騒ぐようなきれいな体じゃないしな」

「そんな言い分が、俺に通じると思うんですか!?　あんたに惚《ほ》れてるこの俺に、『だから自分が何をされても気にするな』なんて論法を納得させられると!?」

火を吐くような口調でやり返してきた剛志に、美晴は冷ややかに言った。

「納得できないなら、自分が苦しむだけだ。これはきみのための忠告だ。状況を受け入れて、適応しろ。僕にとってレイプなど、肉体的に不快である以上の意味はない。おやすみ」

そしてさっさと目を閉じて、待機していた眠気に身を任せた。

「……あんた、やけになってるんですね」

というつぶやきは、眠りに落ちかけながら聞いた。

「あいつとのことはもうどうにも終わっちまうが、あんたはまだあいつをぞっこん愛してて、別れのつらさに気が変になってる。そうなんでしょ？　本音は」

それから髪をなでられて、なでられながら眠りに落ちた。

「あんたのその一途さが俺に向いてくれたら、俺は一生あんたを幸せにしてやれる自信があるんですけどねェ。

兄貴もあいつも、あんたより立場を選んで、あんたを泣かせた……でも俺は、断然あんたを選びますよ？　ってェか、もう選んでみせてるじゃないすか。そこらへんをなんとか汲《く》み取ってくれないすかねェ……俺は、自分でも馬鹿じゃねェかって思うほど、マジであんたを愛しちゃってるんすから……いいかげん俺に堕ちてくださいよォ」

そんなボヤキとも口説きともつかないセリフを、聞くともなく聞きながら。

剛志の言葉と手によって与えられた慰撫は、心身の不全によって、なでられる感触を心地いいと認識できなかったのと同様、意識できる記憶という形では残らなかった。

だが感じ取りはできなくとも、それは、降った雨が地面に染み込むのに似たメカニズムで美晴の心の深層部分に受け止められ、彼の心の生命力を支える一筋の地下水脈が生まれた。

その時もその後も、美晴自身は、自分がそうしたエポックを得たとは悟らないままだったが。

それからの一週間、剛志が落ちた煩悶《はんもん》地獄は日一日と無限の悪夢の様相を深め、今夜の出来事はまさしく最低最悪だった。

サド野郎の気まぐれで、立花の輪姦シーンに立ち合わされたのだ。

それまでも毎夜、立花を引きずり出しに来る連中を阻止できなかった自分に怒り狂い、精液まみれのぼろぼろで戻されて来る立花を迎えるたびに悔し泣きし……守りたい相手をまるで守ってやれない自分の無力さに、はらわたが灼《や》け爛《ただ》れる思いをして来た剛志にとって、それはあまりにも酷《むご》い一幕だった。

犯される立花が食いしばった歯のあいだから洩らす悲鳴も、「見るな、西條！」という悲痛な叫びも、すすり泣きながらの〈頼む、こんなことはやめてくれ〉というサド野郎への懇願も、すべて芝居であることは承知していた。

頑強な抵抗も、必死に逃れようとする悶《もだ》えも足掻《あが》きも、いちいちが男達の征服欲を掻《か》き立て

煽《あお》り立てるばかりの裏目に出ていて……だが、すべては芝居であることは、立花が男達の目を盗んで剛志に送ってきた、まったく平静な視線が語っていた。

力ずくで犯されていながら、彼はすべてを計算していて、陵辱者達を夢中にさせることで身を守っていた。

立花美晴は、天性の色香をプロの男娼さながらに駆使して、特命外交官としての任務を……生きて帰って報告義務を果たすという使命を遂行しようとしていた。理知的な美貌と鍛え上げたしなやかな肢体《したい》を武器にした、プライドを捨てた戦略として。

だが、それが何のなぐさめになる!?

声が嗄《か》れるまで〈その人に触るな！〉とわめき、立花に群がるスケベ野郎どもを言葉のかぎりに罵《ののし》った。つながれた鎖を引きちぎれない自分の無力さを、声のかぎりに呪った。

それらがサド野郎どもを喜ばせ張り切らせる役にしか立たないことに激狂し、しまいには喉が裂けて血泡を吐いた。

彼らがお楽しみを切り上げたのは、立花が疲労困憊《こんぱい》して気を失ったからで、その時には剛志の喉は完全につぶれていた。

獄房に戻されて、闇の中で二人きりになるや、剛志は出ない声を絞って号泣した。

意識を取り戻したらしい立花に、

「泣くな、西條」

とささやかれて、さらに泣けた。

あんたを守ると決めたのに、俺は何もできない！　悔しい!!　悔しいっ!!　悔しいですよォッ、立花さん!!

なのに立花は、落ち着き払った調子で、

「わかったわかった」

などとため息をつく。

あんたに何がわかるんですっ!?　アッジールの野郎が言ったとおり、あんたはとことんタチの悪い冷血漢だ!!　自分のことはどうでもいいあんたには、惚れてるあんたを目の前で犯《や》られまくられた俺の悔しさなんか、てんでわからないんだ!!

「わかってるよ、西條。きみの心情は理解している」

相変わらず冷静な口調で言って、立花は続けた。

「よってきみに、僕を『美晴』と呼ぶ許可をやる」

……へ？

思わず涙が止まってしまった剛志に、立花は小さくクスッと笑って話し出した。

「敦志もアッジールも、僕より『立場』を選んだ。彼らの選択は理解できるが、納得にまで至れるほどには人間ができていない僕は、自暴自棄に身を任せることで二度目の大失恋の痛手をごまかそうとしているらしい」

そして立花は、まるで他人事のようにつけくわえた。

「これまでのあれこれを分析してみた結果なんだが、どうやら僕は恋愛に関しては、とことん溺《おぼ》れるといったのめり込み方をするらしい。だから、だめになった時のダメージが深いんだな。きみの兄さんに捨てられた時も、仕事への責任感という歯止めがなかったら、自殺を考えていたんじゃないだろうか」

「まさか……犯られながらンなこと考えてたんですか？」

「暇だからな」

とやり返してきて、立花は言った。

「果たして三度目の恋などできるかどうかは、いまのところ何とも言えないが、きみがそうしたいなら、僕をファーストネーム呼びにしてもかまわない。まだきみが僕にそうした気持ちを持っているのなら、だが」

そ、それって！　と問い質《ただ》したいのに声は出ず、闇の中では立花の表情をうかがうすべもなくて、剛志は虚しく目をぎょろつかせ、

「いまのところ『立場より僕を選んでくれている』ことに免じて、といったところだけどね」

立花はあっさりと剛志の期待をかわしてくれて、またクスッと笑い、

「でも、もしも」

と言いかけて、はたと黙った。

「え？」

と首をかしげているらしい声を上げて、独り言をつぶやいた。

「涙だ……どうしたんだ？」

房内には明かりはないが、ドアのすき間から廊下の電気の光がわずかながらも差し込んでいて、横たわっている立花のシルエットぐらいはどうにか見分けられる。

剛志はそろそろと手を伸ばして、立花の頬に触れた。頬から目尻へと手探って、指先に濡れた感触を捉《とら》えた。

立花がつぶやくのが聞こえた。

「ついに涙腺まで故障したかな」

違いますよ、と剛志は思った。

あんたはたった今、アッジールの野郎との恋にほんとにほんとのあきらめをつけた。

だから……そのせいで悲しいんですよ。

しかし、そう教えてやろうにも喉から出るのはヒューヒューという息音だけで、思いついた筆談という手を実行しようとした矢先、チャンスは奪われた。

タタタタッという自動小銃の発射音が聞こえたと思うと、ドアの外にドカドカと靴音がやって来て、

『どいてろ！』

という英語での前置きに続いて、ガガガガッと銃弾がドアロックを粉砕した。

ガバッと開いたドアから、まぶしい電照光があふれ込んで来たのと一緒に、砂漠用の迷彩服に身を包んだ男達が飛び込んできて、

『タチバナとサイジョウだな?』

という確認にうなずく暇も与えず、

『行くぞ』

と命令してきた。

『ラジャ』

とは胸の中で言って、剛志は立花の手を取り、引き起こすのと同時に肩を入れてセイッと担ぎ上げた。

「歩けるっ」

という馬鹿な抗議を言った立花の尻をピシャッとたたいて黙らせて、突入部隊長の先導で廊下に走り出た。

『Go、go、go! 急げ、ハリアップ!』

隊長は廊下を二度曲がって、出くわした階段を駆け上がった。剛志も迷わず追った。バラバラというヘリのローター音が聞こえていたからだ。

屋上に飛び出したところへ、小型の輸送ヘリがふわりと着陸してきて、隊長が『行け!』と

手を振った。

だが駆け出したとたん、いとも乱暴に引き止められた。

『馬鹿野郎、頭を低くしろ！　ローターに首を持っていかせる気か！』

剛志はあわてて頭を下げたが、危ないのは肩に担いだ立花の首のほうだと気がついて、ドッと冷や汗をかきつつ立花を横抱きに抱え直した。フットボール選手よろしく、抱えて走った立花を無事に機内にタッチダウンして、ハアッと安堵《あんど》の息をついた。

その剛志を蹴りのける勢いで、突入部隊の面々が次々と機内に飛び込んで来て、最後に残った隊長がステップに片足を置くやいなや、ヘリはエンジン全開で舞い上がった。まだ半身は機外にいる隊長を、メンバー達が服をつかんで引っぱり込み、剛志は（まるで映画だ）と思った。

地上からの銃撃が届かない高度まで上昇したヘリからの鳥瞰《ちょうかん》で、剛志は、捕まっていた場所がイシュタバール王宮の裏手の一郭だったことを知った。

そして、皓々《こうこう》と照明された王宮の門の前の広場には……！

見て取るや、立花の肩をたたき、オモチャのようにミニチュア化している地上を指さして教えてやった。

いましも門内へ突入しようとしている三十騎ほどのラクダ部隊の先頭の、一人だけ白い衣装で白ラクダにまたがったあれは、

（あんたの王様ですよね!?　アッハ、あの野郎、完全に時代を間違ってますよ！）

一瞬後、映画の『アラビアのロレンス』に出てくるような大時代な騎兵達は、それぞれまたがったラクダに笞を入れ、門をくぐって王宮の中庭へとなだれ込んだ！　が……

（あっ、えっ⁉　ちょっと待てよっ、これからがいいところだってのに！）

ヘリは王宮上空を離れて、王の戦いを尻目にどこかへ向かって飛び始め、パイロットにつかみかかる勢いでやった（戻ってくれ！）という要請は無視された。

憤懣《ふんまん》やるかたない思いで切歯扼腕《せっしやくわん》しつつ、自分以上に成り行きが知りたいはずの立花の手のひらに、（だいじょうぶです）と気安めを書いてやった。

（スケベなやつはせいめいりょくもつよい。あのドスケベやろうもきっと、ころされてもしないタイプです）

与えられた毛布にくるまってシートにうずくまった立花は、そんな剛志に子どもっぽいくすくす笑いを返してきて、（僕もそう思う）とうなずいた。

ヘリは砂漠と星空のあいだをフルスピードで飛び続け、夜明け前に米軍の空軍基地らしい場所に着陸した。

剛志と立花はすぐさま基地内の医療施設に収容され、夜が明けたころには、二人は清潔なベッドの上でやわらかい毛布にくるまれて、一連の手当ての仕上げの点滴治療を受けていた。

つい先ほど、情報将校が『アッジール王の逆クーデター成功』のニュースを持ってきてくれて、剛志はホッとしたし、立花はその百万倍も安堵しただろう。

隣のベッドで眠っている立花の、すうすうと安らかな息音を立てている寝顔を眺めながら、剛志は、長い悪夢から覚めたような、みょうなぐあいにぽかんとした気分を味わっていた。

いや……ほんとうに、すべては夢だったんじゃないだろうか。

だが、唾《つば》を飲み込んだ拍子にビリッと痛んだ喉の傷が、すべては現実だったのだと教えた。

それはひどく苦い味わいの、できれば認めたくなどない事実だったが、事実は事実であり、消去はできない。

（せめて、立花さんが忘れてくれれば……ハッピーエンドでホッとしたショックかなんかで、あそこでの記憶が全部ぶっ飛んでくれてりゃァ、ラッキーなんだがなァ……）

ついでにアッジールの野郎のことも、きれいさっぱり忘れてくれちまえばいい。敦志兄貴のこともだ。あんたを傷つけ、あんたが愛したぶんを苦しみだの悲しみだので報いるようなクソ野郎どものことなんか、完璧に記憶から抜け落ちちまってほしい。

剛志はそれを、アッラーに祈った。

ここはあんたの領地なんだから、あんたが何とかしてくれよ。この人の過去をさっぱり洗っちまって、この人を選ばなかった罰当たりどものことなんか忘れさせてやってください。どうか頼みます。

そしてもちろんアッラーは、異教徒の祈りなど聞いてはくれなかった。

美晴がアッジールと再会したのは、救出されてから二週間後。『政治的混乱』が収まったアル・イシュタバ首長国連邦と正式に国交を再開するために、日本政府が派遣してきた新任大使一行の、端くれ随行員としてだった。

特命外交官というのは、外務省の内部では汚れ仕事に使い捨てるための臨時雇いと目される立場だったようで、報告書を提出した時に大使から口頭でのねぎらいはあったものの、あきらかに用済みの扱いだった。ましてや正式な身分を持たない剛志に対する態度は、わがままな民間人を世話しなければならない役人の冷ややかさで、美晴達にとってはアッジールへの別れの挨拶《あいさつ》の場となる会見に、同行する権利さえ認められなかったのだ。

クーデター事件の現場となり、ハブシャヌール政権が倒された逆クーデターの舞台ともなったイシュタバール王宮は、まだ一部の壁や柱に銃弾の跡を残していたが、それにさえ目をつぶれば、アラビア建築の粋を尽くした壮麗な美宮殿だった。

アッジール王は、体育館ほどの広さがある謁見《えっけん》の間で一行を迎え、美晴は、いよいよ手が届かなくなった彼との別れは、末席からの黙礼で済ませる覚悟でいたのだが。

『貴国との国交を再開するにあたり、今日のこの日を実現するために奮闘してくれた二名の功労者に、まずは謝意を表したい。

日本国特命外交官ミハル・タチバナ、そして特別事務官ゴウシ・サイジョウ。こちらへ』

名指しで呼ばれて玉座の前に進み出た美晴に、アッジールはいかめしい表情の眉をひそめて、

『サイジョウは来ていないのか？』

と尋ねてきた。

それから新任大使に向かって、おなじ質問を丁重な口調でいとも心外そうにくり返し、大使はしどろもどろで『ゴウシ・サイジョウは体調不良のため随行を見合わせた』と嘘をついた。

『それはたいへんに残念だ』

アッジールはそれを、大使のひたいが脂汗で光り始めるような目つきでねめつけながら言い、美晴に目を戻して、すっと柔和な顔つきに戻った。

『では、我が愉快なるライバルへの礼は、きみに言づけよう』

そして玉座から立ち上がると、美晴に向かって祝福のしぐさで右手を掲げ、高らかに宣言した。

『我が最愛なる友ミハル・タチバナよ、アル・イシュタバ首長国連邦第八代国王アッジール・モハンムド・イシュタバールは、貴官とその盟友が為した果敢なる功績を終生忘れぬことをここに誓い、両名にアル・イシュタバ名誉国民の称号を与える』

それから、美晴にだけ聞こえるように落とした小声でつけくわえた。

〈私としては、きみにはぜひこのまま留まってほしいのだが〉

美晴はほほえんで答えた。

〈あなたが王位を捨て、新たな妻候補の女性達も捨てて、名実ともに僕一人のものになってくださるなら、僕も故国を捨てましょう〉

〈無理を言う〉

と苦笑したアッジールは、美晴とおなじ苦しみを味わっていて、だから美晴も心のままに寂しく笑って返した。

〈あなたに愛された思い出こそが、僕の勲章です。

さようなら、アッジール。あなたとあなたの一族と国とに、末永く平安と繁栄が恵まれますように〉

〈ありがとう。私もきみの幸せを祈ろう〉

ほほえみ合って、二人は別れた。つらくはあったが後味さわやかな別れだった。

旅客機のファーストクラスでの帰路は、軍用機で運ばれた往路と比べると、まさに天国といった乗り心地で、剛志はしきりとはしゃいでいた。

だがやがておとなしくなり、そのうち何も言わなくなったので、眠りでもしたかと目をやると、じっと目を据えて何やら考え込んでいた。

べつに放っておいてもよかったのだが、「どうかしたか?」と声をかけてやった。

「あー……」

と剛志は頭に手をやり、ひとしきりガシガシやってから、美晴を見やってきた。

「つまり、ナンです。そのう……」

「言いたいことがあるなら言え」

「やーそのー、言いたいわけじゃあるんですけど、言いたいことがあるってんじゃなくってですねー」

「きみは女子高生か、はっきりしろ」

「わかりましたよ、言いますよ」

ぼやく調子でブツブツ言って、剛志は顔色を改め、シートから背中を起こして美晴の顔を覗き込んできながら、

「美晴」

と言った。

「誰のことだ」

と睨み返してやったら、剛志は馬鹿正直にうろたえて、「やっ、あのっ」と抗弁してきた。

「ファーストネーム呼びしていいって」

「言ったか?」

と、とぼけてやった。剛志は見るもしゅんとなり、美晴は笑って言ってやった。

「冗談だ。許可したのは覚えている。ただし、『さん』をつけろ。僕はきみより年上だし上司

でもある」

「はいっ!」

いともうれしそうに顔中を輝かせてうなずいて、剛志はペロリと唇を嘗《な》めた。

「美晴さん」

と呼びかけてきて、

「いやあ、なんか照れますね、名前で呼ぶってのは」

と頭をかき、それから生まじめな表情に顔つきを戻して、言ってきた。

「今日が何日だか、知ってますか? イスラム暦じゃなく、日本のカレンダーだと」

「あー……そういえば何日だ?」

「ふふっ」

剛志はイタズラ小僧のほくそ笑みといった含み笑いをして、美晴の耳につと口を寄せ、

「なんと十月二日。あんたの誕生日ですよ、美晴さん」

それから、

「誕生祝いに俺を進呈します」

とささやいた口を、

「まずは手付けってことで」

とか言いつつ、美晴の唇に重ねてきて!

美晴はずうずうしい男の耳をつかんで自分の顔からひっぱがし、

「場所がらをわきまえろっ」

と叱りつけた。

剛志はニマ〜ッと笑って、鼻歌する調子で「アイアイッ」と声を弾ませ、美晴は自分の失敗に気がついた。いまの言い方では、場所がらさえ選べばキスしていいと許したも同然だ。

そこで、やられた唇をわざと乱暴に拭《ぬぐ》いながら、

「もとい、僕はまだ喪中だっ」

と言い直したが、後の祭りだったようだ。

「こんどの喪が明けるのは、けっこう早いだろうと俺は思いますよ」

剛志はルンルン顔で言ってきて、得意げに続けた。

「なんたって、あんたの深層意識には、さんざん俺の名前をインプットしちゃってありますからね。あんたがポヨヨンになってたあいだじゅう、暇さえあれば『美晴、美晴、あんたが待ってたのは西條剛志だよ。もう間違えずに、剛志、剛志、西條剛志をヨロシク』ってなぐあいに吹き込んどいたんですから、効果は絶対あるはずです」

美晴は思いきりムッとした顔を作ろうとしたのだが、果たせず吹き出してしまいそうになったので、やむなく（フン！）と顔を背けた。その拍子に、窓の外の眼下遥《はる》かに広がる地表の眺めが目に入った。どのあたりなのか、緑豊かな山岳地帯だ。

それを見てふと湧いた、日本に帰るのだなァという実感を、何気なく言葉に出した。

「やっとみそ汁付きの米のめしにありつけますね」

という剛志の返事には、異存なくうなずいたが、

「夜明けのみそ汁は俺が作りますよ」

というふざけた口説きは、

「いらん」

と却下した。

「夜明けのコーヒーに引っかけたしゃれのつもりなんだろうが、兄弟そろって、ユーモアのセンスはゼロだな」

とつけくわえてやると、剛志はグッと喉を鳴らし、「いまの……くそ馬鹿兄貴も言ったんですか?」と呻いた。

「うう~……この俺様が、くそ馬鹿兄貴とおんなじことを言っちまうなんて、くう~っ! ショックっす~……」

本気で落ち込んでいるらしい剛志は、からかい心をそそったので、意地悪なセリフだと重々承知しつつ、せせら笑い付きで言ってやった。

「きみが敦志とそっくりだというのは、いまさら気づくようなことじゃないだろう」

からかいの返礼は、つかみ捕らえられ舌をねじ込まれての強姦といってもいいようなキスで、

しかもキャビン・アテンダントに目撃された。

「な、何をっ、こ、このっ！」

憤慨と羞恥《しゅうち》で真っ赤になった美晴に、剛志はしゃあしゃあとした顔でうそぶいた。

「俺が兄貴とは違うことを証明してあげたんですよ。なんだったら、この場であんたを抱いてみせましょうか？　俺はやれますよ」

美晴は鉄拳で身を守り、剛志はこぶしを食らった顔で楽しげにニヤついた。

その余裕たっぷりな表情にカチンと来て、美晴は深く心に誓った。

（絶対きみの思いどおりに落とされたりはしてやらないぞ、西條剛志！）

飛行機はヒマラヤ山脈の万年雪に小さな影を落としながら、一路日本へと向かっている。

駆け引きのルール

成田《なりた》空港から東京駅に向かうリムジンバスの車窓風景は、警視庁SP（セキュリティー・ポリス）である立花美晴《たちばなみはる》にとっては何度となく見慣れたものだったが、

「なんか……なつかしいっすねェ」

という西條剛志《さいじょうごうし》の述懐もすなおにうなずけるものだった。

三か月ぶりの日本、という理由だけではない。

「帰ってこられるかどうか、あまり自信はなかったからな」

目は窓の外を流れる景色に向けたまま、返すともなくつぶやいた美晴に、通路側の席に座った剛志がスンと鼻を鳴らした。

二十五歳の剛志と三十になりたての美晴を比べ見て、どちらが年上かを正しく言い当てられる人間は少ないだろう。

剛志は、百八十五センチのガタイを高校ラグビーと第三機動隊で鍛え上げた、見るからにたくましい顔つき体つきの偉丈夫で、べつだん老け顔ではないのだが、たいてい実際より年上に見られる。態度がデカイせいだと友人らは言う。

かたや美晴のほうは、ホワイトカラー族の中にいても華奢《きゃしゃ》の部類に入れられるような中背のスレンダーで、そうした体格と小作りで端正な美貌《びぼう》の相乗効果によって、つねに歳より若く見

られる。昨年の派遣留学中に知り合ったアメリカ人達は、美晴が実年齢を明かすと必ず目を丸くした。二十歳そこそこだと思っていたというのだ。

そうした美晴が、じつは剛志に勝るとも劣らない戦闘性能を秘めた強戦士であり、剛志も隊員の一人である特殊武装警官隊『SAT』の指導教官を務める身であるとは、外見からはまったく想像もできないことらしい。

努力によって洗練された態度の品のよさが、容姿と相まって、奥ゆかしい貴公子といった雰囲気を作り出しているせいもあるのだろうが、警護対象のVIPから「頼りなさそうだ」と判断されて、交代させられた経験も何度もある。

「しっかし、いきなり秋雨前線の出迎えってのは」

言いかけて「ヘブシッ」とくしゃみを放った剛志を見やって、美晴は柳眉《りゅうび》をひそめた。

「風邪か？　うつすなよ」

美晴達が飛び立ってきたのはアラビア半島の砂漠の国、アル・イシュタバ首長国連邦のキビール国際空港。もっとも暑いシーズンは過ぎていたが、日中のひなたは四十度近い乾燥しきった気候に慣れていた体には、しとしと雨が降っている湿潤で冷涼な日和《ひより》はひどく肌寒かった。

「そこは『お大事に』でしょうが」

と言い返してきて、

「冷てェなァ、美晴さんってば」

そう不平そうにつけくわえた剛志を、美晴は心底からの警告を込めた横目で睨《にら》みつけ、知っていながらわざとタブーに抵触《ていしょく》した男は「へいへい」と肩をすくめてみせた。

「職場や人前ではちゃんと『立花さん』って呼びますよ」

「あたりまえだ」

冷ややかに言ってやって、美晴は窓の外に視線を戻した。

一時の感情でこの男にファーストネーム呼びを許可した自分の甘さが腹立たしいが、深く悔いているというほどではない。

要は剛志が、美晴の望むルールを守りさえするならば、こうして目くじらを立てる必要もないのだが……剛志という男は、そのあたりの神経が粗いのだ。

もっとも出会った最初のころよりは、だいぶマシになってきているが。

バスはそろそろ都内に入ろうとしている。

ごちゃごちゃと建物が立て込んだ日本の首都風景は、都市計画の貧困さが淡い哀しみめいたものを覚えさせる。

明日から、また仕事だな……

感慨というほどの重さはなく思った耳に、剛志のため息が聞こえて、美晴は無意識に身構えた。

「結局、三か月の出張でしたねェ」

というセリフに肩の力が抜けたことで、緊張した自分に気づいた。

この男の口説き文句など、聞き慣れて聞き飽きているというのに、何を警戒しているのか。

そう自分を嗤《わら》いつつ、

「きみのほうは『自主休暇』だったがな」

とやり返したのは、やや八つ当たり。

「そういえば俺、この三か月分の給料はなしですよね」

唸《うな》るように言った剛志は、警視庁から外務省に出向し特命外交官として『出張』した美晴と違い、憲法に保障された『個人の自由』を盾に使って、勝手に美晴の任務に同行したという立場である。

よって美晴の返事は、

「当然だろう。懲戒免職処分にならなかっただけでも、ありがたいと思うんだな」

ということになる。

そして剛志は、

「ま、いいっすけどね」

と片づけた。

「次の給料日まで食えるぐらいの貯金は残ってますし」

と、しぶとい顔をしてみせておいて、「あ……」と頭に手をやった。

「でも、もしかしてボーナスもナシかァ？」

「ハマーのローンか？」

「っす。ボーナス払い入れてるんっすよね。……ま、なんとかなるっしょ」

「僕は貸さないぞ」

と言ってやったのは、その件についての恨み言めいたことはついぞ口にしない、この後輩同僚の男らしさへの好意が言わせたからかいで、自分にはその程度の借りはあると美晴は考えていた。

剛志は「あんたを一人で死地になんか行かせられません」という理由で、免職どころか命の危険さえ大きかった『ボランティア活動』に自分を投じたのだから。

「もちろん美晴さんに借金しようなんて思ってないですよ」

剛志はきっぱりと断言した。

「タカるんなら兄貴を狙《ねら》います」

「いいアイデアだ」

美晴は苦笑で了承し、剛志は気を変えた。

「いや、あの野郎に貸しを作らせてやるなんて、もったいねェな。美晴さんとの愛の新居費用とかだったら、タカるにやぶさかじゃないっすけど」

「ほう？　結婚するのか、おめでとう。どこの『美晴さん』と婚約したんだ？」

美晴はトボケを武器に逆ねじをかましてやり、剛志はしゃあしゃあとした顔で言った。

「いや、婚約はまだなんっすけどね。この俺が惚《ほ》れに惚れて口説きまくってるんですから、陥落するのは時間の問題ですよ」

「それはそれは。まあ頑張りたまえ」

「そりゃもう」

西條剛志は、半年ほど前にSP隊にやって来た。階級は巡査部長。美晴は新人SPの教育係を仰《おお》せつかるという関係で彼とかかわることになったが、その出会いにはより深い因縁が伴っていた。

剛志の兄、西條敦志《あつし》は、かつての美晴の同僚であり、秘密の職場恋愛の相手であり、美晴を捨ててSP隊を去った男であるという因縁が。

敦志からの一方的な切り捨てだった別れに深く傷つき、自己嫌悪と人間不信で崩壊しかけたアイデンティティを仕事への使命感でかろうじて支えていた美晴は、目の前にあらわれた敦志そっくりの弟を、当然のことに嫌悪した。

兄は持ち合わせていなかった傲岸不遜《ごうがんふそん》な自己中心ぶりで、癒《い》えてはいなかった失恋の痛手をえぐってくれた剛志を、殺してやりたいと思うほど憎悪した瞬間もあった。

その後、自分自身の思いに気づいたのだそうな剛志からの告白や、警護対象として出会った現アル・イシュタバ王アッジール・モハンムド・イシュタバールとの恋といった出来事を通り過ぎ……アッジール王の政権奪還の戦いに身を投じた中で、西條剛志という男の未熟さやタフさや一途さを知り……

いまの美晴は、剛志を憎んではいない。嫌ってもいない。むしろ、信頼感を基盤にした好もしさを持ち始めている。

だが、（だからといって、そう簡単に恋におちてなどたまるか）とも考えていた。

ＳＰという、日常的に命の危険を覚悟し続ける厳しい職柄にある自分が、同僚に対して恋や愛といった深い心の寄せ方をするリスクは、敦志との別れでいやというほど味わっている。

二度とあの轍《てつ》を踏みたくない、というのは美晴の正直な本音だ。

だから剛志がどれほど自分に本気でも、また自分も剛志を憎からず思っていても……むしろ魚心に応えたい水心の疼《うず》きを覚えるたびに、セーブしろという自戒を強く思う。

立花美晴と西條剛志の関係は、そんな現状にあった。

東京駅から霞《かすみ》が関《せき》二丁目の外務省までは、地下鉄で二駅ほどの距離があるが、美晴は徒歩を選んだ。

丸ビルの脇を抜けて日比谷《ひびや》通りの堀端を行くあいだに、傘をたたく雨の音が強まった。

ヘクシッとまた剛志がくしゃみをし、美晴は、隣を歩いている長身に非難を込めた視線を送った。

「や、風邪じゃないです」

と剛志は抗弁した。

「誰かが俺の噂をしてるんですよ」

「だったら『二つくしゃみ』のはずだろう」

と言ってやったのは、『一褒《ほ》められて二憎まれて三惚れられて四風邪ひく』という俗言に乗っ取ったやり込めだ。

「立花さんの生還に寄与した俺の手柄は、大いに褒められてるはずですよ」

剛志は切り返してきて、ウッとくしゃみをこらえた。

「鼻をかんだらどうだ」

と横目で睨んでやった。

「はあ」

剛志はうなずき、しぶしぶとポケットから引き出したハンカチでブッ、ブーッと鼻水をかんで、「やれやれ」とぼやいた。

「マジで明日から仕事ですかね」

「今夜からかもしれんぞ」

美晴は返して、つけくわえた。

「まだSP隊に籍があればの話だが」

「……俺は危ないかもしれないっすね」

いちおう考えてはいたのかと思いながら、美晴は、自分より頭一つ分ほど背が高い剛志の日に灼《や》けた横顔に目をやり、見返してきた目から視線をそらした。

堀の向こうの雨に煙った暗色の木立が、やさしく目をなぐさめる。

「外務省のあとは、警察庁ですか？」

「ああ」

「門倉《かどくら》警視からのあの祝電は傑作だったって、警視に言ってもいいですかね」

「好きにしろ」

と言ってやったのは、警察庁警備局の門倉警視と剛志とは、ＳＡＴの統括責任者と隊員という間柄で面識もできているし、門倉がジョークを解する上司であることも知っていたからだ。

外務省での用件は、任務を終えた特命外交官としての帰国の挨拶《あいさつ》と、同職の解任辞令の授受で、着任の窓口となったアジア局西アジア担当副局長が対応した。

「本日をもって、貴官は外務省への出向を解かれ、元職である警視庁警備部警護課機動警護係に復帰いただく。

困難な任務を無事完了された貴官の尽力に敬意を表するとともに、復職されたＳＰ隊での今後の活躍に期待します。ご苦労でした」

茶一杯のもてなしと書類一枚の解任セレモニーは五分間で終わり、部屋を出たとたんに剛志が文句を垂れた。

「なんですか、ありゃ。感謝状ぐらい出せないのか、って！」

「きみの献身的ボランティア活動への報奨申請はいまからだ」

「んなもん、あんたからのキス一個で充分」

「しっ」

向こうからやって来た若い女性職員が、ツンと澄ました態度に二人への興味を透き見せながらすれ違って行き、美晴は改めて口の軽いふざけ屋を睨みつけた。

「聞こえちゃいませんでしたよ」

と剛志はうそぶいた。

「あれは『アラ、外務省では絶対お目にかかれないような若くてイイ男が二人も……』って顔でしたよ。『タイプは正反対だけど、どっちもすてき〜、いやん、濡れちゃったわ』なんてね」

「うるさい」

「それにしても、せめて門倉警視はもうちょっと愛想見せてくれないと、俺、グレますよ」

「愛想どころか、殴られる覚悟をしとけよ。職務放棄で高飛びしたきみが復職できるように、ずいぶんと骨を折ってくれたんだ」

「愛想見せてほしいのは、あんたにですよ。火中の栗を拾いに行かせた相手には、それなりのねぎらいがあってしかるべきでしょう」

「僕を派遣したのが門倉警視ならな」

「責任がないとは言わせませんよ」

「そんなことを警視にねじ込んだりするなよ。あの人には人事の決定権はないんだ」

そんなやり取りをしながら外務省をあとにした。


外務省の隣のブロックにある警察庁は、東京都を所轄《しょかつ》する警視庁をはじめとして、全国に都道府県単位で置かれている刑事警察組織を指揮監督する、国の行政機構である。

警察庁が採用した人員は、キャリアや準キャリアという呼ばれ方の幹部（または幹部候補）として、警視正に昇進するまでを地方公務員の立場で過ごす。

美晴は警察庁採用の準キャリア警部で、これから会う門倉は、美晴が所属する警視庁警備部の上位組織である警察庁警備局のキャリアである。

その門倉は、無言での熱烈な抱擁《ほうよう》で、美晴の帰還を歓迎してくれた。

小柄で冷徹そうな、いかにも東大キャリア組といった容貌の門倉だが、じつは熱血かつ硬骨な人情家なのである。

美晴がかいくぐってきた危険を誰よりも正確に理解している三歳年上の上司は、思いの丈を腕の力に込めて美晴を抱きしめ、言葉にならないぶんをバシバシと背をどやすことで示した。

向かい合って座った応接セットのテーブルには、茶に添えて、美晴が好きな和菓子が出された。きんつばが好きなことなど、門倉に話した覚えはなかったのだが。

「外務省のほうはとどこおりなくクビになってきたか?」

「はい」

「無事にとは言えんが、とりあえず五体満足で帰ってこられて何よりだった」

「ご心配をおかけしました」

「梨木《なしき》係長から、解任後はぜひうちに戻してくれという上申が来ている」

「よろしくお願いします」

「そっちの馬鹿は、このまま海兵隊訓練に飛ばしたいところだが」

門倉が剛志に向かって顎《あご》をしゃくり、

「それも、ぜひ」

と美晴は返した。

門倉は我が意を得たりという顔で剛志を見やり、ニヤッとしながら言った。

「だがあいにく半年間は本務に釘付けにしておかないと、SP資格が取り直しになる」

美晴の横に座った男は、あからさまに安堵《あんど》の吐息を吐き出し、美晴にも門倉が笑ったわけがわかった。よほどこわばった顔でもしていたのだろう。

「ただし昇進は遅れるぞ」

とは、剛志への言葉だ。

「イシュタバール国王からの、きみの名前も入った感謝の手紙が来ていなかったら、復職は認められなかっただろう」

「そんな借りを作っちまってたんですか」

剛志は眉間《みけん》にしわを寄せて頭をかき、

「その件で長官がお待ちだ」

という申し渡しに一瞬凍りついた。

「もしかして、俺は異動ですか？」

「総監も来ていたら、かもしれんな」

「……まあ、動いたって都内か」

とつぶやいた剛志は、転属させられる覚悟を固めたらしい。

「離島の駐在所に飛ばすという手もあるぞ」

美晴は意地悪くからかってやり、門倉が尻馬に乗った。

「都内の最南端は、小笠原《おがさわら》村の母島《ははじま》駐在所だな」

剛志は「……そっすか」とがっくりうなだれたが、多分に芝居臭かった。

しかし門倉に伴われて行った長官室に、警視総監も来ていたのを見て、本気で離島への左遷を覚悟したらしい。

「両名の活躍については、いずれも超法規的特例措置下の活動であったため、感状といった報賞の授与にはそぐわず、口頭での慰労のみに留めるほかないのは残念だ。きみ達は我が国の外交関係に重要な貢献を果たした。ご苦労でした」

という警察庁長官じきじきのねぎらいに、いつもの強気さに似合わない涙をこぼしそうになっていたようだった。

「私のほうからは、さらに残念ながら、処分を言い渡さなくてはならない」

警視総監が冷たい表情で口をひらき、美晴は、剛志が改めて青ざめたのを感じた。

しかし、すべて剛志の自業自得なのである。美晴にはかばってやるすべもない。

「上司の許可を得ない長期の休職に対する処分としては、懲戒免職が相当である。きみは警察官としてのみならず、公務員としての規律に大きく違反した。相応の処分を受ける覚悟は、当然つけていることと思う」

「はい」

と答えた剛志は、昂然《こうぜん》と頭を上げた姿で、どういった処分にも甘んじる姿勢を示した。

警視総監はうなずき、言った。

「西條剛志巡査部長は、一年間の二分の一減俸、また三年間の昇進試験受験資格停止処分とする」

そして、

「これでも精いっぱいの温情措置だ」

とつけくわえた。

「やっぱりボーナスはなしっすかねェ」

こんどこそ古巣の警視庁へと向かう道すがら、ぼそっと言った剛志は、それだけが不安の種だという顔でいて、美晴は思わず笑ってしまった。

「減俸や昇進停止は気にならないのか」

と聞いてやったのは、少し親身に近づき過ぎたかもしれない。

「まったく」

と返してきた剛志に、

「アラブの油田持ちの大富豪でしかも王様なんて奴をふって帰ってきたあんたは、金や地位で恋人を選ぶ人じゃないってことですから」

などとうそぶかせてしまった。

「僕は、食事の誘いなら四つ星以下は受けつけないし、ホテルも一流以外はごめんだ」

「まーたまた。だったら兄貴は、あんたとのデートのせいで破産して実家に逃げ帰ったってことになりますよ」

「いいかげん『あんた』はやめろ。あのころは若かったんだ」

「去年の話でしょうが」

「まだ二十代だった」

「それ言うなら『おとといまで』でしょ」

「あァあァ、おかげで昨日から歳を意識しまくりだよ」

「二十六ってサバ読んでオッケーです。三十男には見えません」

「言ってろ」

制服の巡査が立哨《りつしょう》についている玄関を通って警視庁に入ると、二人はまっすぐエレベーターに向かったが、途中で二度呼び止められた。

「おい、立花じゃないか!?」

と声をかけてきたのは、美晴がSP隊に入った当初、教育係として世話になった安藤《あんどう》警部補だ。いまは転属して生活安全部にいる。

「安藤先輩、お久しぶりです」

歩み寄って握手の手を差し出した美晴に、安藤は一瞬まぶしげな目をして手を取った。

そういえばここは日本だったと思いながら、美晴は礼儀正しく安藤の手を握り、安藤は熱のこもった力でぎゅっと握り返してきた。

「だいぶヤバかったらしいじゃないか。無事に帰ってこられて何よりだったな」

「はい、おかげさまで」

「そうかそうか、元気そうで何よりだ。もう仕事に戻ってるのか?」

「つい先ほど帰国したばかりでして、いまから顔出しです」

「そうか、そりゃ奇遇だった。梨木もさぞホッとしてるだろう。とにかくよかった」

二人目は剛志の知り合いで、

「あれっ⁉ おまえ、いつ帰ってきたんだ⁉ 足あるんだろうな、足はァ!」

という言い方からして、剛志が日本を離れていたのを知っていたらしい。

立ち話を始めるようだったので美晴はその場を離れたが、エレベーターを待っていたあいだに剛志も追いついてきた。

「警察学校で一緒だった奴で」

と説明してきた剛志に、

「向こうから絵はがきでも出してたのか?」

と聞き返した美晴の眉間にしわが寄っていたのは、SP隊OBの安藤はまだしも、交通課の巡査にまで話が広がっているらしいことに、(守秘態勢はどうなっているんだ⁉)という危惧《きぐ》を感じたからだ。

美晴達が外務省の特命でアッジール王の逆クーデターに荷担した一件は、うっかり表には出せない外交秘密であり、そのことは剛志も心得ていると思っていたのだが。

「まさか友人や親類縁者一同に吹聴した、なんてことじゃないだろうな」

という美晴の追及を、剛志は、

「まさか！」

と否定した。

「あいつが言ってたのは、レンジャー訓練のことですよ。ほら、俺が行くはずだった自衛隊の」

「本当だな？」

「嘘なんか言いません！　俺もそれで話を合わせましたし」

「そうか、ならばいい」

「ちょっとは俺の良識を信頼してくださいよ」

「ほう、きみの辞書にもそんな言葉が載ってたのか」

「『良識』も『常識』も『デリカシー』も、ちゃんと載ってますよ」

「だったら意味も覚えて活用するんだな」

という皮肉に剛志が言い返してこなかったのは、エレベーターがやって来ていたからだ。

十六階にある機動警護係の部屋は、いつもどおり閑散としていた。というより、ほぼ無人。内勤職員の山口明子《やまぐちあきこ》の姿もない。

ただ一人、机に向かって書類仕事をしていた梨木係長が顔を上げ、二人を見つけて無愛想にうなずいた。

「ちょっと待ってくれ」

と言い置いて、書きかけの書類に目を戻した。

帰ってきたんだなァ……と美晴は思った。いささかのセンチメンタルさを覚えつつ、しみじみと。

仕事に一段落をつけた梨木係長の第一声は、

「予定どおりだったな」

というもので、二言目は、

「本庁へは？」

美晴も業務報告として答えた。

「外務省で出向解任の辞令を受け取ったあと、門倉警視にお会いして復職の指示をいただきました」

「そうか。西條の処分はどうなった？」

「減俸と昇進停止のみです」

「そりゃ助かる」

梨木はどうでもよさそうに言って、立ち上がった。

「赤坂《あかさか》の『囲炉裏家《いろりや》』はわかるか」

「あ、はい」

「六時集合だ」

「はい」

さっそく仕事かと腹をくくる思いで答えた美晴に、梨木係長は机の上からバインダーをさらい取りながら、ちらっと口元を笑ませて言った。

「おまえらの生還祝いだ。全員は集まれんがな」

そして足早に部屋を出ていった。会議でもあるらしい。

梨木を見送った目を、思わず剛志に向けていた。どうにも呑み込めない情報を検証にかける気分で口にした。

「生還祝いだって？」

「赤坂の『囲炉裏家』って、たしか居酒屋ですよね」

「まさか……宴会？」

「居酒屋で会議はやらないでしょう」

剛志は可笑《おか》しそうに言ったが、

「そのほうがまともだ」

というのは、美晴の偽らざる感想だった。

なにせ警視庁警備部警護課機動警護係といったら、配属と同時に「ここにいるあいだは有給休暇は取らない覚悟でいろ」と言い渡される部署だ。また休日出勤も超過勤務もあたりまえで、三百六十五日どこをとっても常時三分の一の人数は『職務中』という職場環境なので、全員に声がかかる忘年会や歓送迎会のたぐいは、通例として庁内で形ばかりに行なわれる。

係長以下全員が宴会などという理由で集まれるチャンスなど、惑星直列が起きる頻度に近いからだ。

さらに突発的に公務が発生した場合に、警護係は忘年会で全員酔っ払ってます、といった言いわけは通らない。

よって、係としての公の慰労会をやるときには、庁内の会議室あたりを会場に、ビール一杯程度の乾杯で済ませる習慣になっているのだった。

ゆえに美晴としては、たかが自分達の帰還を祝うために、そうした慣例を破って居酒屋で宴会が催されるなどという事態は、どうにもこうにも呑み込みがたかったのだが。

「え～え、ほんとです」

と、内勤職員の山口明子は太鼓判を捺《お》す調子で言った。

「係長の大英断ですけど、課長も部長も顔を出されるそうですから」

「なんでそんな大袈裟《おおげさ》なことになったんだ」

頭を抱える気分で言った美晴に、

「当然ですよ」

と剛志は胸を反らせ、

「半分はラッキーのおかげなんですけどね」

と明子は笑った。

「ちょうど今夜だけ、みなさんのスケジュールがぽっかり空いたんです。総理付きの身辺警護班だけはお仕事なんですけどね、ほかのみなさんは奇跡的にオフ。

きっとこれって、神様からのご褒美《ほうび》ですよ。立花さんの日ごろの行ないに免じての」

「え？　俺は？」

と剛志が自分を指さし、明子は渋面を作って言い放った。

「西條くんはきっぱり、おまけ」

「え～っ!?　ひっで～！」

「なに言ってんのよ。ＳＰ隊始まって以来の問題児って、もう庁内じゅうで有名で、すっ飛ばそうにも引き受けるところがなかったから、舞い戻ってこられたくせに」

「うっそ、マジ？」

「そうよ～ォ。係長がジャンケンで負けたせいだって説もあるけど」

「うっわ、なおさらヒデェ」

もちろん明子は冗談で言っていて、剛志もわかって受けていて、美晴は（モテてるな）と言ってやりたくなった。

なるほどこの男は砂漠暮らしで男っぽさも精悍《せいかん》さも増したが、きみはたしか……と思いかけて、あわてて続きを打ち消した。

剛志が誰にモテようが関係ないし、明子の好意を得たいと思ったこともないのに！

「六時集合だったな」

と言ったのも時計を見やったのも、ばかなことを思いそうになった動揺を隠すためで、美晴はそんな自分への腹立たしさに舌打ちしたい心地で続けた。

「まだ二時間あるから、僕はいったん寮に帰って出直すことにするよ」

「そっすね、着替えて出直しましょう」

と乗ってきた剛志に、いわく言いがたい苛立《いらだ》ちを覚えながら背を向けた。

「主賓は時間厳守ですよ〜！」

という明子のほがらかな念押しに「了解」と愛想笑いを返して、ドアを出た。

追いかけてきた剛志の、

「何を怒ってるんです？」

というセリフに、

「なんのことだ」

と言い返した。

剛志は答えずに黙り込み、美晴は苛立ちがつのるのを覚えた。

何を怒っている、だと？　ああ、まったくさ、いったい僕は何に腹を立てているんだろうな!? 知ったことか!

『囲炉裏家』は、飲食店ビルの二階と三階を占有した座敷中心の店で、古い民家の廃材を集めてきたような内装はなかなか感じがよかった。

入口の横にかけ並べてある数枚の予約札には、もちろん機動警護係の『機』の字もない。

『梨木様』というのがそれだ。

「いらっしゃいませ～! ご予約のお客様ですかァ?」

「『梨木』です」

「ご案内しま～す!」

三和土《たたき》ふうの小暗い通路を先に立ちながら、仲居姿に作った女の子は、美晴の後ろをついて来る男にちらっと視線を投げた。さっそくモテている。

客達のプライバシーは障子で守っている、インテリアのコンセプトは『田舎家の座敷』ということらしい店内は、それぞれの座敷に独立感を持たせるためだろうが、通路はまるで迷路のように曲がりくねっていて、美晴は知らず知らずに非常口の表示ランプを探しながら歩いていた。

「これで安全審査に通ってるんですかね」

と耳の後ろからささやいてきた剛志も、同じことを考えていたらしい。

「抜き打ちの避難訓練をやらせてみたいもんだな」

とささやき返したところで、案内嬢が、

「こちらで～す」

と振り返った。

障子越しに洩《も》れている黄色みを帯びた照明光は、白熱電球のそれらしい。

「お履物はこちらにおしまいしますので～」

という案内に靴を脱ぎ、縁側ふうの板張りに上がった。障子の向こうから聞こえている雑談の声から、十人ぐらいだなと判断した。

靴入れの場所を確認したのは、緊急時に裸足で飛び出さないで済むようにだが、意識してのことではない。ＳＰ生活も六年目の美晴には、そうした用心深さがすでに習い性となって染みついている。

「お二人様、お着きで～す！」

案内嬢が障子を引き開けた座敷には、二十人分ほどの宴席と、予想どおりの十人ほどの先客がいた。

「おっ、主役のお着き～！」

「待ちくたびれたぞ～っ」

「うっは、焼けたなァ！　どっちが表だァ!?」

などなどの声とヤンヤの拍手に迎え入れられながら、美晴は、部長と課長はまだなのを見て取った。

山口明子が飛んできて、二人を席に案内してくれた。

「立花さんはこちらに。西條くんはここへどうぞ」

美晴と剛志は向かい合わせで、剛志は係長の隣席。美晴の両横は空き席なのは、部長と課長にはさまれる格好になるということか。

「おいおい、ほかの連中はどうしたんだ?」

「みんな遅ェなァ」

「まだ五分前だよ」

「明子ちゃん、遅刻した奴からは倍な、倍」

「おう、会費、倍取れよ」

「は〜い。部長からもですかァ?」

「おうっ、取ったれ取ったれ」

「部長は三倍!」

「え〜っ? 私そこまで言えませ〜ん」

そうこうしているうちに次々とメンバーが到着して席が埋まり、残るは部長の座布団だけとなった。

定刻になったところで、ベテランの富山《とみやま》が立ち上がり、「本日の司会進行を仰せつかった」と名乗りを上げた。

「坂本《さかもと》部長は、会議のため三十分ほど遅れて来られます。待たずに始めるようにというお言葉に甘えまして、これより立花くんと西條くんの生還祝賀会を開会いたしたいと思います」

「異議なし」

と小声ではさんだのは課長。そのぼそっという言い方は、この課長が部長とは犬猿の仲であることを知っている者達（すなわちほぼ全員）をニヤッとさせ、一気に雰囲気がほぐれた。

「では、まずは藤山《ふじやま》課長のご挨拶を」

「来賓挨拶は部長の役目だ。まずは乾杯乾杯」

という課長の動議に、取り急ぎビールの栓が抜かれ、乾杯の準備にそれぞれ酌をし合うやり取りがひとしきり。

美晴は課長に酌をしようとして瓶《びん》を奪われ、課長の酌を受けさせられた。

「では、乾杯の音頭を」

「梨木、やれ。俺は締めだ」

打ち合わせ無視の課長の仕切りに苦笑いしながら、梨木係長が正座に直ってコップを掲げ、面々も倣《なら》った。

「それでは、僭越《せんえつ》ながら課長のご指名ですので」

係長が型どおりに始めたところへ、

「挨拶は短く」

と課長の横やり。

「先輩の気の短さは知ってますから、まあ、しゃべらせてください」

「おう、早くしろ、早く」

末席に座っている明子が声を殺して笑い出した。

係長が居ずまいを正して、美晴を見やってきた。

「立花」

と呼び、

「西條」

と剛志に目をやり、ふたたび美晴に視線を戻してきて、おごそかに言った。

「両名の任務完遂と無事の生還を祝って、乾杯！」

「乾杯!!」

全員で掲げ合ったコップをそれぞれに飲み干し、拍手で仕上げた。

「よ〜し、飲め飲め、立花」

さっそく正座をあぐらに崩した課長が、美晴のコップに二杯目を注ぎ入れながら言った。

「ま、正直なとこ梨木も俺も、おまえらが二階級特進ってハメになる覚悟をしてたんだ。もちろん外務省からは何の音沙汰もありゃしなかったが、状況は想像がついたからなァ」

美晴はこれまで、藤山課長とはほとんど話したことがなかった。上司ではあるわけだが、ふだんは直属の係長としか接触がなく、こうして席を同じくするような機会もなかったからだ。

よって、課長と隣り合わせの席というのは気詰まりでしかなかったのだが、そんなふうにざっくばらんに話しかけられて、緊張が解けた。

「自分もいちおう覚悟はつけていたつもりでしたが、帰りの飛行機の中でハタと気づけば、遺言を書き損なっていました」

「あっははは！　そりゃヌケてる！」

「はい。まるで思いつきもしませんで」

「もし死んでたら大失態だったな。おふくろさんに一生恨まれたぞ」

美晴の母はすでに亡いが、「そうですね」と笑っておいた。

藤山課長はたたき上げの警部で、歳は四十五、六。見かけはどこにでもいそうなサラリーマンふうで、一口で言えばぱっとしない人物だが、声に力があって、部下には頼もしいだろう。

梨木係長がビールを持ってやって来たのを見て、しまった、挨拶に回るべき立場だったと腰を浮かせたが、

「ご苦労さん」

と酌の手を差し出されてしまっては受けるほかない。

「あっちじゃビールも飲めなかったろう」

「そういえば、そうでしたね」

「なんだ、気にならなかったのか」

と呆《あき》れ顔をされて、苦笑した。

「飲みたいと思いつくような余裕がなかったせいでしょう」

「砂漠には自販機もなかったろうしな」

と係長が交ぜっ返した。

「そうか、イスラムの戒律ではアルコールは禁止だったな」

課長が話に入ってきて、三人でしゃべる格好になった。

「ラクダには乗ったのか?」

「いえ、僕は。移動はジープでしたから」

「なんだ、せっかく砂漠に行ったのにラクダには乗らなかったのか」

「イシュタバール王は名手であられますが」

答えて、その名を口にしたことでの甘ずっぱい胸の痛みを味わいながら続けた。

「Xデイには、ラクダ部隊の先頭に立って王宮に突入されました」

美晴を愛してくれ、美晴も愛したアッジール・イシュタバールは、もう過ぎ去った男。

極上の恋人だった彼は極上の為政者でもあり、国と国民と美晴とを秤《はかり》にかけて『王』の立場を選んだ。

「ほう！　見たのか⁉」

課長が目を輝かせて聞いてきた。

「ヘリの中からでしたが。白装束で白のラクダに乗っておられて」

「アラビアのロレンスだな」

係長が唸《うな》り、課長が（おいおい）という顔で言った。

「ロレンスはイギリス人だ。イシュタバール王のほうが本家本元ってやつさ。由緒正しきベドウインだったろ？」

「ええ。砂漠での生活も堂に入ったものでしたね」

「米軍の特殊部隊が支援したそうだな」

「僕達を救出してくれたのはそうですが、王を支援した部隊は英仏連合だったようです」

「向こうに取っ捕まって、一時はどうなるかって話だったらしいな。こっちはカヤの外で、いっさい情報はもらえなかったんだが」

「僕達もです。まあ、こうして無事に帰国できましたので」

「終わりよければすべてよし、か」

「ええ」

そこへ富山と赤塚《あかつか》がビール瓶持参でやって来て、梨木が交代した。そのあとも代わる代わる酌手がやって来て、とうとう美晴は最後まで自分の席を立つチャンスを見つけられなかった。

「おい西條、飲んでるか!?」

バンッと肩をたたくのと一緒にビール瓶を突きつけてきた両津《りょうつ》の酌を、一気飲みで空けたコップに「ありがとうございますっ」と受けながら、剛志はちらっと立花を盗み見た。

さっきやって来て長々しい挨拶で座をしらけさせた部長と、差しつ差されつという格好でしゃべっている立花は、だいぶ酒が回っているらしく、やたらとにこやかだ。

めったに見せない笑顔の大盤振る舞いといったぐあいで、剛志は気になってしかたないのだが、次々と誰かやって来るので席を立つ暇がない。

「ずいぶん活躍したようじゃないか」

酒臭い息で言ってきた両津警部補に、

「俺の仕事の成果はあの人ですよ」

と立花を目で指した。

両津は猪首《いくび》の肩越しに立花を見返り、声をひそめて言ってきた。

「んで?　進展したのかよ」

ニヤニヤ笑いの顔つきで質問の趣旨はあきらかだったが、剛志はもちろんトボケた。

「そりゃァもう、信頼の絆《きずな》はガッチリです」

「そうじゃなくてよ。こっちのほうだよ、こっちのほう」

示された中指を、剛志は見て見ないふりで無視して、空けたコップを差し出した。

「ご返杯」

「おう」

と受けながら両津はまた立花を見やり、ヒソヒソと言ってきたのは、

「えらく感じが変わったよなァ」

「そっすか?」

とトボケてかわそうとした剛志に、まじめな目つきで言った。

「人が変わったってぐあいだぜ、思わねェか?」

「思う思う」

と割り込んできたのは、隣の席にいた島木《しまき》警部補。若白髪が目立つ頭に手をやりながらヒソヒソと言った。

「立花があんな愛想のいい顔見せるなんて、前代未聞だぜ」

「そりゃ、こういう席でぶすっとしてるわけにもいかないっすよ」

剛志はそう反論したが、先輩達に言われるまでもなく、いつにない立花のほがらかなようすは気になっていたところである。

たぶん古巣に帰ってきた安心感が出ているのだろうが、

「ああいう顔されると、あいつも可愛《かわい》く見えるなァ」

「だな。砂漠の砂で性格を丸く磨いてきたってか?」

「ずっとあの調子なら、コンビ組んでもイケるかもな」

などという評がささやかれては、ドッキリしてしまう。

「あの人って、最初っから愛想なしだったんですか?」

と聞いてみた。

「そりゃもう、ツンと澄ました冷たい顔がトレードマークだ。なあ、両津?」

島木が言えば、両津も大きくうなずいて、

「話しかけても木で鼻をくくったような返事しかしない奴でよ。準キャリアのくせに、キャリアぶった頭の高さだ、なんて言われてたよな、最初は」

「へえェ。じゃあ、隊の中での評判はよくなかったんっすか」

「有能な奴だってェのは、新人のころからはっきりしてたがな」

「そ!　そつがねェ、失敗がねェ。その点じゃァ頭角をあらわすのは早かった」

「しかしあれは、西條のフォローアップのおかげだったぜ。あ、おまえの兄貴のほうな」

「立花の欠点は、人間関係をうまく作れねェっていうか。そこを西條がフォローしてたよな、たしかに。あいつは苦労人だったたから」

「人見知りなんっすね」

剛志のコメントに、先輩達は顔を見合わせた。

「まあ、そう言やァそうなんだろうが、しかし、いっぱしの社会人が『人間づき合いが苦手』で通るかァ?」

「性格としてはそうでも、表面上はなんとかしてうまくやってくもんだぜ、ふつうは」

「俺だって、根は人見知りなんだ」

「嘘つけ!」

自分も笑った拍子に、また立花に目が行って、剛志はムッとなった。部長が何かしゃべりながら、立花の肩をなでまわしているのが目に入ったのだ。

剛志がやったなら鉄拳での制裁を食らうところだろうが、立花も部長の手を振り払うわけにはいかず、迷惑げながらも調子を合わせているようす。

ムッとした気持ちが顔に出たらしく、両津と島木も立花のほうを見やった。

「あ〜りゃりゃ、部長はそっち方面も行けるのかよ。守備範囲が広いね」

両津がおもしろがっている顔でつぶやいた。

「あいつは愛想なしのほうが正解かもな」

島木が言って、つけくわえた。

「飲むとセクハラ親父になるんだ、部長は」

「なるほど、ありゃセクハラってわけですね」

剛志が言ったのは確かめで、

「相手が女ならな」

という両津の相づちに、「男だって成立しますよ」と返して立ち上がった。そこにあったビール瓶をさらい取って、部長の前に歩み寄った。

「どうもっ。お忙しいところ恐縮です」

言いつつ酌の手を出せば、部長はしかたなく立花の肩から手を離してコップを差し出し、剛志は何食わぬ顔で部長の袖口《そでぐち》にジャバジャバとビールを注《そそ》ぎかけた。

「わっ、うわっ、お、おい！」

「へ？　うわ、ありゃりゃりゃ！　すいません、手元が狂って」

あわてて手を引っ込めるふりで瓶を振りまわせば、ビールはじゃぶっと胸元にもかかり、部長のスーツは膝《ひざ》から股から濡れネズミ。

「何をやってるんだ！」

と立花が怒鳴ってきたが、剛志としては（してやったり）だ。

「も、もうしわけありません、無調法者で」

詫《わ》びを言いながら拭《ふ》いてやろうとした立花の手から、「あ、俺が」とおしぼりを取り上げて、わざとスーツが傷むような拭き方で股のあたりをごしごしとこすり立てた。

「どーもすいません、なんか酔っちまったみたいで」

「も、もういい、もういい！」

部長が真っ赤になって怒鳴ったが、剛志はまだ気が済まない。

「いや、染みンなりますから、ちゃんと拭いとかないと」

という口実で、五十過ぎにしては反応が元気な股間《こかん》をさらにいたぶってやった。

「ええい、もういいと言っとるんだ！　立花くん、すまんが失礼するよ」

「もうしわけありません、部長！　のちほどクリーニング代を」

飛んできた梨木が恐縮の体《てい》でぺこぺこと部長を送り出し、剛志の部長追い出し作戦は完了した。

「おまえ、確実に出世が遅れるぞ」

立花が（ばかな奴）という顔で言ってきたので、

「どうせ三年間は昇進凍結っすし、留学もしなくちゃならないですしね」

とうそぶいておいた。

「たいしたガードぶりだったな」

立花《たちばな》がそんな皮肉を言ってきたのは、寮に戻るタクシーの中でだった。

「なんのことです？」

とトボケたら、

「部長にビールをぶっかけた件さ」

という直球で返された。

「きみは係長の顔をつぶしたんだぞ。反省しろ」

「反省すべきなのは部長のほうですよ」

剛志《ごうし》はやり返し、

「あんたもです」

とつけくわえた。

「僕が?」

「そうっすよ。あんたがニコニコ愛想なんか売るから、部長が調子に乗ったんです」

「僕がいつ愛想を売ったって?」

聞き返してきた立花の声の尖《とが》りが、剛志の胸の中によみがえっていた苛立《いらだ》ちを逆なでした。

だが、

「自覚なしに媚《こ》びてたんですか? アブネェなあ」

というやり返しは、言葉を選ばな過ぎた。

立花は一瞬ムッと黙り込み、みょうに乾いた声で言った。

「……そう見えたか」

そして剛志は失敗の上塗りをやった。自覚していた以上に酔っていたのだろう。

「ええ、見えたも見えたも。部長のセクハラは、あんたが誘ったようなもんです」

立花はしばらく沈黙し、ぽつりと言った。

「そうか。以後、注意しよう」

その口調で、剛志はやっと自分の失言に気づいた。

「や、あのっ」

だが何と言えばいい!?

「え、ええと、つまり、注意はしないとヤバいと思うっすけど、それは美晴《みはる》さんが悪いってわけじゃなくってですね！　ああ、すんません、俺が言い過ぎました」

立花は冷ややかな横顔を見せて黙ったままで、剛志はさらに焦った。

「えっとですね、つまり、前はクールビューティーを決め込んでたあんたが、島木《しまき》さんあたりからも『可愛《かわい》く見える』なんてふうに言われるような顔してたのは、古巣に帰って来れたのがうれしかったからでしょうけど、だから部長が手を出してきたのは」

「僕が緊張感のない顔をしていたからだな」

「いや、それはいいと思うんっすけど」

「つけ込まれる隙《すき》を作っていたわけだ」

「や、あー」

「きみの指摘どおり、媚び癖がついていたんだろう。水商売を経験した女性は、素人に戻っても客あしらいの癖が残るというが」

「そんなことないです！　俺はそんなこと言ったつもりは！」

剛志はおおあわてで否定した。立花が言っているのは、アル・イシュタバでクーデター政権側の捕虜になっていた時、作戦として尋問官達に体を弄《もてあそ》ばせていた一件のことだからだ。

「あれはつまり、生きて帰るための作戦だったわけで、苦渋の選択の苦肉の策だったってことは、俺は誰よりよく！」

ちょうどそこへ運転手が口をはさんだ。

「お客さん、赤坂寮《あかさか》ですが。どこへ着けますか？」

「A棟の玄関前に」

立花が答えた。

「右手のあれです」

「あ、はい、わかりました」

大きくハンドルを切って、タクシーは立花の部屋がある独身寮A棟の玄関前にすべり込んだ。

「ありがとうございました。七百二十円です」

立花が千円札を渡した。

「釣り銭はけっこうです」

「こりゃありがとうございます」

「お世話さん」

立花について車を降りたら、何やら睨《にら》まれたが、剛志としては話半分のままに振り切られるわけにはいかない。

タクシーのドアが閉まって、運転手の耳が閉じられるやいなや、

「あれはマジで、そういう意味で言ったんじゃなくてですね」

そう蒸し返しを始めようとしたが、

「わかってる」

とさえぎられた。

「あの件は、あの状況の中では必要な行動で、結果的にも報われた。だが、こちらから仕組んで男娼《だんしょう》のふるまいを務めたことは事実で、それが無意識に他人に媚びを振りまくような態度を身につけさせたとあれば、僕としては大いに恥じ入るし、今後の行動には重々注意をすると言っているわけだ」

立花はそれを固い声と顔つきで言い、剛志の後悔は深まったが、

「きみに指摘してもらったおかげで、僕は知らずにやっていた見苦しいふるまいを矯正《きょうせい》することができる。感謝している」

と言い切られて、返事のしようがなくなった。

「あー、その」

と言いかけてはみたものの、続ける言葉を思いつけないでいたあいだに、立花は「明日は定時出勤だぞ」と言い渡してさっさとドアをくぐって行ってしまい、「お疲れ様でした！」と言い送った声も届いたかどうか。

閉じたガラス戸越しに、ほっそりとした後ろ姿がエントランスロビーを遠ざかって視界から消えるまで見送り、ハアッと吐き出したため息であきらめをつけた。

「やーまーその、要はそういうことじゃあったわけですけどね、ただ、あー……」

立花に言い損なった肝心カナメの核の言葉があるはずなのだが、うまくまとまらない。

自分の部屋がある隣のB棟に向かいながら、自分が言ったこと、立花が言ったセリフを、思い出せるかぎりくり返し反芻《はんすう》してみて、やっと「あ」と思い至った。

「そうか、『媚び』なんて言い方をしたのがマズかったんだぜェ」

自分に向かってチッと舌打ちして、どういう言い方をすれば失言を償《つぐな》えるか考え始めた。

納得ずくの作戦的行動だったとはいえ、あの人があの件で心に傷を負わなかったはずはなく、だからこちらは極力その話題には触れないというスタンスで来ていたのだが……

「肚《はら》の中にあったもんが出ちまったんだなァ」

本音を言えば、たとえ生きて帰るためでも、男どもに体を投げ与えるような真似はしてほしくなかった。

陵辱《りょうじょく》されることに何の情動もないのだと立花は言ったが、立花に恋している身である剛志にとっては、とうてい納得できるものではなかった。

だから、黙って呼び出しに応じる立花をなんとか思い止まらせようとして、「アッジール王との別れにヤケになってのことだろう」と詰め寄ったこともあった。「憂さ晴らしに男に抱かれたい、誰でもいいってことなら、俺が相手しますから」などとも言った。

思えばあれも、あの人のプライドを傷つける物言いだったかもしれないが、それと気づいた時には、事件を話題にすること自体がタブーになっていて、とうとう謝りそこねている。

あれも含めて、うまく詫《わ》びたいものだが、さてどういう言い方をしたものか。

立花美晴という人は、タフさと繊細さが撚《よ》り合わさった複雑な神経をしているようで、不屈の強固さを持っている裏で、ちょっとした言葉遣いのミスにひどく傷つくこともあるらしい。

そして剛志は、人に対してそうした神経の遣い方をした経験に乏しい自分を自覚している。

「どう言やいいのかなァ……」

考え込みながら歩いていたら、いつの間にか玄関を通り過ぎてしまっていて、まぬけな気分で後戻りした。

一方、美晴のほうは、帰宅のセレモニーとして立った洗面台の前で、鏡に映った自分を観察しながら考え込んでいた。

その思いは、（そんなに愛想笑いをしていただろうか）……

古巣に帰ってきた安堵《あんど》感にくわえて、多忙な職場の同僚達がああした歓迎をしてくれたことはうれしくありがたく、また気心の知れた者達を相手に日本語でしゃべるという気のおけなさに、自分が上機嫌であった自覚はある。

剛志から「あんなにニコニコしなくても」と言われるほど笑っていたかと思うと、明日からの職場復帰に面映ゆい思いを引きずりそうな気がして、楽しかった宴会の記憶も曇ってくるが……

「祝賀会だったんだから」

という言いわけで、よしとすることにした。

ただし剛志に言った反省事項は、きちんと胸にたたんでおく。

自分としては媚び笑いなどしていたつもりはないが、剛志の目にはそう見えたというなら、問題点として心に留めておくべきだ。

なにしろ部長に色目を遣ったような言われ方など、大心外である。

「引き締めていくぞ」

と鏡の中の自分に向かって宣言して、美晴はふと顔をしかめた。

「……太ったか?」

米軍病院での一週間の入院のあと、派遣大使の到着を待つあいだの一週間ほどは、悠々自適の休暇生活だった。

アッジール王が用意してくれたホテルのVIPルームでの、三食美食に昼寝付きという暮らしぶりのおかげで、十二分に体力を回復できた……とばかり考えていたが。

「太ってる」

と断定して、美晴はどう見ても丸みを帯びている自分の頬《ほお》を両手でバシッとはさんだ。

「……まさか腹まで出ちゃいないだろうな」

体力を取り戻すために、ホテル付属のプールで毎日泳いではいたのだが。

服を脱いで、腹のあたりの肉づきを確認してみた。

「オッケー……」

だが、こうして見ると、筋肉はどれもこれも締まりをなくしている気がする。

「鍛え直しだ」

自分に宣言して、ベッドに向かった。

明日は五時に起きて、出勤前に二時間はロードワークと筋力トレーニングをするのだ。


さて翌日の、職場復帰初日。

美晴は剛志とともに、外務大臣付きの身辺警護班入りを命じられた。

「班長は島木だ」

「よろしくお願いします」

「こっちこそ。態勢は四名、もう一人は佐藤《さとう》だ。外相が交替したのは知ってたか？　こんどは女性大臣だ。これがプロフィール。

今日のスケジュールは、九時の『迎え』から。二台で出る。シフトは俺と佐藤が前車、立花・西條《さいじょう》組で後車」

「了解」

「立花は外相付きを経験してたな」

「新人時代に一度」

「じゃあ関係各所の駐車場事情はわかってるな」

「だいじょうぶです」

「大臣のタイムテーブルはこれだ」

渡された書面を読んでいる暇はない。すでに八時二十分だ。

「質問は？」

「ありません」

というやり取りで、機動警護係室を出た。

エレベーターで地下駐車場に降り、配車窓口で車のキイを受け取って、見つけ出した公用車に乗り込み、待っていた島木組の車に続いて駐車場を出た。

運転は剛志に任せたのは、いまのうちに大臣のタイムスケジュールを頭に入れてしまう必要があるからだ。

剛志への伝達を兼ねて、スケジュール表を読み上げた。

「九時、閣僚宿舎発。外務省に登庁して局長会議に出席後、総理官邸へ。十一時に官邸を出て、自民党本部。十二時から虎ノ門《とらのもん》ホテルで昼食会。一時半にアメリカ大使館。四時のフライトで札幌《さっぽろ》に飛ぶ」

「げっ、泊まりの準備なんてしてませんよ」

ハンドルを握りながら、剛志がぼやいた。

「パンツと靴下は洗えばいいっすけど、ワイシャツの替えを買わなくちゃならないとなると出費だよなァ」

「昨日のうちに伝達がなかったということは、同行するのは班長達だけなんだろうな」

「だといいですけどね」

美晴は読み上げを続けた。

「五時半に札幌着で、六時半から講演会、その後パーティー。市内のホテル泊で、明朝は八時のフライトで上京。羽田《はねだ》から閣僚会議に直行。十一時開始だからギリギリだな」

「やれやれ」

「とりあえず、そんなところだ」

当面の情報伝達を締めくくったところで、議員会館に隣接している閣僚宿舎に着いた。

ピンクのスーツを着込んだ諌山禎子《いさやまていこ》外務大臣は、颯爽《さっそう》とした足取りであらわれた。

「おはようございます」

と向こうから声をかけてきて、

「新しい方達ね」

と紹介を求めてきた。

「立花美晴警部と、西條剛志巡査部長です」

島木が紹介し、外相は「よろしく」と手を差し出した。さっさっと二人と握手を交わして、大臣専用車に乗り込んだ。

SP達もそれぞれの車に戻り、大臣が乗った専用車と随行の事務官達の車をあいだにはさむ格好で外務省に向かった。

こんどは美晴が運転にまわったのは、この先の駐車場事情を知っている人間が、車庫入れ車庫出しをスムーズに行なうためだ。

「えらくてきぱきした女性ですね。それに六十過ぎてるようには見えない」

剛志の感想に、美晴もうなずいた。

「二十代で国連事務局に入って、総理にヘッドハントされるまで高等弁務官として活躍してきた人だ。語学も達者だし、国際情勢に関しては生き字引だそうだ」

「それにしちゃ、立花さんに一言もなかったですね。特命外交官なんて押しつけて、こき使ってくれといて」

「外相じきじきの任免じゃなかったからな。大臣はそこまでタッチしていないんだろう。それより、僕は車の回送係、外相のガードはきみの分担だが、わかってるな」

「了解してます」

そんな話をしながら外務省に着いて、美晴も降車した。直接つき添うのは剛志の役だが、警護対象が無事に建物内に入るまで、美晴も後衛として目を光らせる。

周囲の安全を確かめた島木が専用車のドアを開け、外相が車から降りてきた。

そのまま玄関に向かうはずが、外相はつかつかと美晴のところへやって来て、言った。

「さっきは失礼したわ、急には思い出せなかったの。アル・イシュタバ首長国の問題ではたいへん活躍していただき、ありがとう。感謝しています」

そしてさっと手を差し出してきて、応じた美晴の手を熱意のこもった握り方でぎゅっと握り締め、「あなたもよ」と剛志に手を差し出した。

「たしか立花くんに同行された人でしょ?」

「は、はい」

「名誉国民さんは二人ともハンサムね。頼もしいうえに若い美男子のボディガードなんて、私はツイてるわ」

ほがらかな早口の最後に、一瞬だけだったが印象的な笑みを添えて、外相はくるりと踵《きびす》を返した。分刻みでのスケジュール消化に慣れている人間の足速さで、玄関前の石段を登っていき、剛志があわてて追いかけた。

「……ははは、ナイス・レディ」

美晴はつぶやき、護り甲斐《がい》のある人物に当たれてラッキーだと思った。

もちろんSPには警護対象の選り好みなど許されないし、任務となれば好悪の感情はいっさい捨てて、たとえどういった人物でも命懸けで護衛する。

だがSPとて、やはり人の子である。

行動としては同じように警護しても、尊敬できない人物よりは、尊敬できる人物、好きになれない相手よりは好感を持てる相手のほうが、同じ仕事にもやりがいを覚えられるというのは、人としてしかたのないことだろう。

局長達との会議を終えた外相を、総理官邸に送り届ける護衛行の車中で、剛志もしきりと外相の気配りぶりを褒《ほ》めちぎった。

「いやァ、まさかアア来るとは思ってませんでしたよ。立花さんの名前はともかく、俺のことまで頭に入れてくれてたなんて。なんかもう、感激ですね」

「人間のできが違うという感じだな」

そう賛同した美晴に、剛志がまじめな調子で言った。

「外相の前でなら、どれだけ愛想よくしてもいいですよ」

「公務中にヘラヘラしていられるか」

「そりゃそうですが、あのナイスなキャリア女史に美晴さんが笑いかけるぶんには、俺のやきもちも疼《うず》きませんから」

「公務中に名前呼びはよせ」

美晴は冷たく言ってやり、剛志はしょげた。

「官邸だぞ」

「アイサー」

こんども美晴は車に残り、外相に付き従って官邸に入っていく剛志を見送った。

指摘しておくべき注意点がいくつか見て取れたので、次の移動中に言ってやった。

「後衛についた者が注意するべき範囲は？」

「左右および後方です」

「マニュアルを読み直せ。左右および後方を重点的に警戒はするが、目を配る範囲はつねに全方位だ」

「……でした」

「それと、上方への目配りもできていなかったな」

「うっ」

「ターゲットの頭に植木鉢を投げ落とすといった暗殺方法も、あり得ないわけじゃない。

屋根の下に入る、アーチをくぐる、といった場合には上方の安全確認も忘れるな」

「はい」

「経験が浅いうちは、どうしても警護対象自体に注意が向きがちだが、相手が足下のおぼつかない年寄りだったりする場合以外、きみが目を配るべきなのは『周囲』だ」

「はい。それもマニュアルにありましたね」

頭をかきながら言った剛志は、暗記するまで読み込んだ知識が実践に生かせていなかった自分を悟っていた。

「ほかには何か」

と聞いてきた殊勝さに軽い驚きを感じながら、

「いまのところ、それだけだ」

と答えたとたんに、思い出した。

「そういえば重要なアイテムを用意しそこなってたな」

「なんです?」

「ロウだ」

「ロウ?」

「ふつうの蠟燭《ろうそく》でいいんだが、持ってるか?」

「いえ」

「僕のところにあるから、帰りに持っていけ。ワイシャツの襟《えり》に塗るんだ」

「ロウをですか？」

「身辺警護は全方位警戒でしょっちゅう首をまわしているから、襟で首が擦《こす》れるんだ。一日二日ならなんでもないが、連日となると擦り傷ができてきて、けっこう痛いし、傷にしてしまうと見苦しい。

それで、すべりがいいようにロウを塗るのさ。先輩から教わったSP生活の知恵だ」

「へえ……零戦乗りの絹マフラーと同じ理屈ですか」

「ああ。絹のワイシャツでも、ロウを塗らないと怪我《けが》をするが」

「そうか、襟芯が当たるんですね」

襟ぐりに触れてみながら納得声を出した剛志は、出会った当時の自信過剰な新人ぶりは鳴りをひそめて、人間的にずいぶん成長しているようだった。

「おっと、あの左折待ちに割り込まれるな」

「アイアイ」

党本部経由で、ホテルでの昼食会に外相を送り込んだあと、SP達も交代で食事をとった。

美晴は佐藤と一緒だったので、食事時間を利用して外相についての情報収集をやった。

「いやあ、警護対象としちゃ理想的だよ」

と、佐藤は諫山外相を評した。

「警護の必要性も、護衛されるコツも心得ておられる。おかげでこっちは、よけいなエネルギーを消耗しないで済む。

脅迫状にビビって増員させたSPを、カメラ目線をさえぎるとは何事かって叱責《しっせき》なさった某大臣とは雲泥の差さ」

誰のエピソードだか察しがついて、ついニヤッとしてしまいつつ、「なるほど」とうなずいた。

「では特段の注意点は」

「ないな。注文がついたのは一度だけで、その注文ってのは『緊急事態以外は走るな』」

「なるほど」

剛志に伝達、と頭の中のメモに書き入れた。外相はスマートな警護を望んでおられる。

剛志と休憩を交代しに行ったチャンスに、さっそく伝えた。

「走るな、ですか」

「ああ。SPがバタバタ走っていれば、まわりは何事かと思う」

「たしかに」

と剛志は了解し、

「見映えもよくないでしょうしね」

とつけくわえた。

「どっしり落ち着き払ってる奴のほうが強そうに見えるもんですし」

打てば響くといったぐあいの剛志の返答に小気味いい満足感を味わいながら、美晴は「同感だ」とうなずいてやった。

「ところで午後のシフトですが」

「食事を済ませたら、車を玄関前に回送して待機だ。出発は一時五分の予定」

「了解」

外相は一時二分過ぎに昼食会場を出てきて、化粧室に寄ってから専用車に乗り込んだ。道が混雑していていささかハラハラさせられたが、予定どおりの一時二十五分ちょうどに外相をアメリカ大使館に送り届け、三十分ほどの会見だというので、運転役は車とともに大使公邸の玄関前で待機。

つき添い役にまわった美晴は会見室の外まで同行して、会見が終わるのを待ったが、やがて終了するというころに剛志から無線連絡が入った。

《門の外にみょうな連中がうろちょろしてるんですが》

「情報伝達は正確にやれ」

《ソーリー　サー。場所は、ここから見える大使館の裏門前です。公邸への入館をかけ合っていたようですので、大使方面の押しかけ客らしいですが》

「人数は？」

《日本人と見られる男性、三名。門衛とかなり激しいやり取りをしてました》

「入館を拒否されても帰らないんだな?」

《門が開けば突入を敢行する可能性がありますね》

すなわち、大使館を出ようとする外相の車が混乱に巻き込まれる可能性がある。

だが公道上にいる民間人を、正当な理由なく排除することはできない。三人という人数では不法なデモ行為とも言いかねる。

「門衛の対応は?」

《とくに動きは見えません》

「三名だったな」

《はい。応援を呼んでるようすもないです》

「了解した。引き続き注意していてくれ」

最後の一言は剛志には必要のない指示だったと思いながら、島木班長を見返った。無線はオープンで、通信は班員全員が共有する。

「請願かなんかだろう」

島木は不審人物達をそう推測した。

「念のため、僕は前車に移乗しようと思いますが」

混乱が起きた場合を考えると、前衛の人数を増やすべきだ。

だが島木は、「必要ない」と頭を振った。

「アラブ問題のせいで、ここにはしょっちゅう抗議団体やらがやって来てる。デモ隊ってほどの人数が集まってるなら別だが、三人程度なら門衛が充分対処できる」

「そうですか」

納得できない気持ちながらも、班長の判断には従わなくてはならない。

やがて、大使に送られて外相が退室してきた。廊下まで出てきた大使は、外相と並んで歩き出し、どうやら玄関まで見送るようだ。

島木が二人の後ろについたのを見て、美晴は舌打ちしそうになった。たしかに秘書官が先導についてはいるが、これでは万一の時、こちらは後手にまわる。

だが後衛役の自分がしゃしゃり出るわけにも行かなかった。

「西條」

と玄関外にいる剛志に小声で呼びかけた。

「外相がお出になる。大使がご一緒だ」

《了解》

と返ってきた応答の声には、期待を裏切らない緊張感が聞き取れて、美晴は（任せられる）と感じた。

玄関ホールに出たところで、外相が足を止めた。大使と別れの握手をするためだったが、美晴にはチャンスだった。

　さりげなく外相達の横をすり抜けて、前衛位置に移動した。

　外相が歩き出し、秘書官が玄関ドアを開けた。大使はドアの外まで送るつもりらしい。

　美晴は目立たないようにドアの外へ先行すると、すばやく周囲の状況に目を走らせた。

　世界のリーダーを自任するアメリカは、世界的に多くのトラブルを引き受けている国だけに、大使館も堅固な警備態勢が取られているが、一方で自由主義国のオープンさも見せたいのだろう。旅券の発行などの一般事務を取り扱う本館部分や、そこへの出入口である正門は、表面上さほど厳しい警戒ぶりは見せていない。

　その本館の裏手にある大使公邸は、一般人は間違っても踏み込めない作りになっているが、剛志が報告してきた不審者達は、あきらかに不穏なようすで門内をうかがっていた。

　ただし、公邸玄関と門との距離は三十メートルほどある。

《立花さん》

　十メートルほど向こうに停めてある前衛車の横に立った剛志が、無線で呼んできた。

《連中、後方支援がいるのかもしれません。携帯電話を使っているのが見えます》

「了解」

　答えた美晴の視野のすみで、何かがキラッと光った。その光り方と、門の外の人影との位置関係からの第六感で、

「スコープを使ってる奴がいる」

という判断を告げた。

「ただのカメラかもしれないが」

《確認します》

剛志は何食わないようすで二メートルほど移動して、報告してきた。

《距離計みたいです。ゴルフで使うような》

とっさに、

「確保しろ」

と命じた。

携帯電話と距離計とは、きな臭い！

剛志が門のほうへ駆け出すのを見て取るや、外相達のほうを振り返った。

「何かあったの？」

と外相が尋ねてきた。

「ただいま確認中です」

と答えて、外相の横に立っていた島木に目を向けた瞬間だった。

門のほうで鋭い叫び声が上がって、振り向いた。

閉じられている門の向こうで、花火を揚げたような一筋の白煙が空に向かって走り上るのが見えた。

「ゴー、バック!!」

美晴は叫んだ。

「退避だ!!　逃げ込め!!」

叫びながら、力いっぱいのダッシュで外相に駆け寄り、小柄な女史の腰に腕を巻きつけるや、頭から身を投げる勢いで跳んだ。どうにか玄関の中に飛び込んだ瞬間、すさまじい衝撃波に背中を突かれてもんどりうった。

ドッと床にたたきつけられるような着地の一瞬、美晴は無意識の受け身で、胸に抱き込んだ外相ごと体を守ったが、ガードに成功したのは、外相が完全に身を任せてくれたおかげだった。

「立花さん！」

と怒鳴ってきた剛志の声に、なんとか片手を上げてみせることで応えた。

爆死はまぬがれたが、体を強く打ちつけたショックが意識を眩《くら》ませている。胸の上に乗っている外相の体重が呼吸を邪魔する。

駆け寄ってきた剛志の、

「外相！　ご無事ですか!?」

という第一声に、（よし）と思った。

折り重なった美晴の上から、

「怪我はしてないと思うわ」

と答えた外相の声は落ち着いていて、安堵した。

「起きられますか?」

「手を貸してちょうだい。アイタタ、足首をひねったみたい」

「失礼します」

剛志が外相を抱き上げ、美晴は重圧から解放された肺に取り急ぎ空気を補給した。

けっして太った女性ではないのだが、人間一人分の重量というのはばかにならない。

「ええ、ここでいいわ。ほかの人達を見てあげて」

外相が言うのが聞こえて、剛志が戻ってきた。

美晴はOKサインで自分の状態を知らせ、剛志は一瞬迷う顔をしたものの、うなずいてほかの者のようすを見に向かった。

『閣下! 声が聞こえますか、閣下!』

と剛志が英語で呼びかけたのは、大使に違いない。

『誰か! 大使はここだ、手伝ってくれ!』

慎重な呼吸をくり返して、運動機能に金縛りをかけていたショックがおよそ解けるまで待って、美晴は体を起こした。さいわい、内臓破裂や骨折といった深刻な負傷は負っていないようだ。

立ち上がった拍子にくらっと来た眩暈《めまい》を、目をつぶり息を調《ととの》えてかわして、状況把握を開始した。

爆発が起きたのは玄関テラス。あの時見た白煙からすると、迫撃砲での攻撃だろう。爆風は上方から来た印象だから、テラスの庇《ひさし》屋根を直撃したのか？

コンクリート塊が混じった瓦礫《がれき》の中から、剛志と佐藤がスーツ姿の男を引っぱり出している。金髪だ、秘書官か？

「西條」

と出した声はかすれて喉《のど》にからみ、美晴はもう一度呼び直した。

「はい！」

と振り向いた剛志に命じた。

「第二波に警戒しつつ作業を行なえ！」

「了解！」

と答えながら剛志はちらっと上空に目をやり、美晴の命令の意味を理解していることを示した。

すぐ近くでパトカーのサイレンが鳴り響き、ピーポーと二、三度鳴って止んだ。

『テロだ、救急隊を至急！』

玄関ホールの奥で怒鳴ったアメリカ英語。

大使館員達が次々と駆けつけて来ている。だが、第二波攻撃の危険は去っているのか？

「佐藤さん」

と同僚を呼び寄せて自分の危惧《きぐ》を話した。

「手を打ってくるあいだ、大臣をお願いします」

「おう」

うなずいた佐藤のいくぶん上の空な表情を見て、（大臣には西條のほうをつけるべきだったろうか）と思った。

この先輩同僚は、目の前で死傷者が出た大事件に動揺している。護衛より救助が先だとでも優先順位を誤って、大臣のそばを離れてしまったあいだに第二波攻撃があった場合、大臣を守りきれない危険がある。

だが美晴は長くは迷わなかった。

佐藤もベテランのうちに入るＳＰだ。任せよう。

それでも、「よろしく頼みます」という念押しを言わずにはいられなかったのだが。

不審者についての剛志の報告を聞き流した島木といい、二次攻撃の危険と聞いてもピンと来ていないらしい佐藤といい、先輩同僚達は危機管理への対応も認識も甘い。剛志のほうがよほど頼りになる。

瓦礫を踏み越えて外に出ると、美晴は裏門に走った。

門の外で回転灯をひらめかせて停まっていたパトカーの乗員に向かって、（来い！）と手を振った。走り寄ってきた警官に身分証を示してやりながら言った。

「SPの立花だ。大使公邸が攻撃された。使用された武器は迫撃砲と思われ、犯人はまだ近くにいる可能性がある。緊急配備を敷いて大至急捜査してくれ」

「は、はい」

まだ若い制服警官は目を白黒させながらうなずき、美晴は信頼できないと判断した。

「無線機を」

「は？」

「きみの無線機だ！　本部に連絡を取る、よこせ！」

「は、はいっ」

警視庁の通信本部に報告と要請事項を連絡していたあいだに、応援のパトカーや警官達が駆けつけて来た。

だが緊急の集結で指揮系統などあったものではなく、美晴にできることは、集まった警官達に情報を伝えることだけだ。

「砲弾は、あの方角から、距離は百ないし二百メートルと思われる場所から発射された。車に積んでいる可能性も高いと思われる。よろしく願います」

「ただちに捜索します！」

パトカーのどれかの無線が声高にしゃべり始めた。

《こちら通信指令所。赤坂一丁目のアメリカ大使館でテロ事件発生。近くにいる車両はただちに周囲二キロ範囲で非常線を敷いてください》

やじ馬が集まり始めているのを横目に見ながら、美晴は、はちの巣をつついたような騒ぎになっている爆発現場に戻った。

SPの任務はあくまでも警護対象を守ること。第二波攻撃を食い止める手を打ったのもそのためであり、その他のことは職務外だ。

外相は奥の部屋に移されていた。壁ぎわに置かれた椅子にぽつんと一人座っていた外相は、救助活動が行なわれている戦場のような騒ぎの中でも落ち着きを保っていて、美晴に気づくと（こちらへ）とサインして来た。

佐藤の姿はなく、美晴は腹の中で毒突いた。

「持ち場を離れまして、もうしわけありません」

佐藤の不心得も含めて、美晴はまずそう詫び、外相は美晴の顔を指さして言った。

「ひたいが切れてるわ」

「気がつきませんでした」

ポケットを探してハンカチを引き出した美晴に、「ここよ」と自分のひたいを指して傷の場所を教えてくれて、外相はキリッと口調を変えた。

「二次攻撃は防げそう？」

「いままで撃ってきていませんので、おそらく」

「事務官とＳＰに犠牲者が出たようだわ。大使館員にも」

「すぐに病院にお連れします」

「私はあとでいいわ。あなたのおかげで軽いねんざと擦り傷程度で済んでます」

「外務省に連絡は？」

こちらが聞くことではなかったが、佐藤も剛志も救助の手伝いにまわっているようで見つからず、状況把握は早いほうがいい。

「佐藤ＳＰに連絡してもらいました」

という返事に、（ワンクリア）と思った。

もっとも外相の言い方からすると、外相の指示で連絡が出されたらしいニュアンスだ。

まさかベテランの佐藤が、こうした際の連絡義務も忘れるほど度を失っていたということはないだろうから、彼女の指示のほうが早かったということなのだろうが。やはり減点対象ではある。

ほかにいまやるべきことはと頭をめぐらせていた美晴は、ふと、外相が膝《ひざ》の上で握り合わせている手のようすに気づいた。関節が真っ白になるほど握りしめている。

外相が座っている椅子の横には数脚の椅子が並んでいて、美晴が座れる余地があった。

少しだけ迷って、美晴は外相の隣の椅子に腰を下ろした。

（え？）という表情で見やってきた外相に、

「失礼します」

とほほえみかけて、ピンクのスーツの肩に腕をまわし、ハグの要領で非礼にならない程度に抱き寄せた。

「大臣の気丈さには敬服するばかりですが、救急車の順番をお待ちになられるあいだに、少し息抜きをされてはいかがかと思います」

「あら……」

外相はおどけてごまかそうとしたが、

「失礼ですが、大臣は自分の母に似ておられます」

という美晴のセリフに、ふっと肩の力を抜いた。

「あなた……口は固い？」

と聞かれて、

「はい」

と答えた。

「じゃあ、これは国家機密よ」

言って、外相はささやき声で続けた。

「……怖かったわ」

「はい」

強がりを捨てた彼女の体はガタガタと震え始めていて、美晴は彼女が安心できるようにしっかりと抱きしめ直した。

外相が美晴の胸に身を預けていたのは、たぶん一分か二分だったろう。やがて、

「ありがとう」

外相がつぶやき、美晴はそっと腕を放して立ち上がった。

「楽になったわ」

と笑った彼女は、まだまだ無理をしていたが、たかがＳＰにやれることは多くはない。

「秘書の方を探してきましょう」

「さっき運び出されたわ」

「負傷を？」

「どうかしら」

死んでいたのかもしれないらしい。

無線が使えるのを確認して、剛志を呼んだ。

「西條、いまどこだ」

《テラスです》

「島木班長は？」

《搬送されました。頭部重傷です》

「佐藤もそこか？」

《各方面への連絡指示に当たってます》

大臣につき添いながらでもできる仕事ですよと、腹の中で佐藤への皮肉を思いながら、話を続けた。

「そっちは手が離せるか？」

《すぐ行きます》

剛志はすぐにやって来たが、ブラックスーツも髪も埃《ほこり》にまみれ、手やシャツの胸は血汚れだらけというありさまだった。

「手と顔を洗って服装もなんとかして来い。一分以内だ」

「アイサー」

戻ってくるまで三分かかった代わりに、剛志は血のついていないワイシャツを手に入れて着替えていた。

「交代です。洗面所は廊下の右手にあります」

「車が出せるように手配してくる」

「俺が行きます」

「せっかく着替えたんだ。大臣のお相手を頼む」

「了解」

剛志は口をへの字にしてみせることで、(駆けまわる仕事なんか俺にやらせなさいよ)とでも言いたいらしい美晴の指示への不満を表明したが、美晴としては、大臣を安全に退出させるための情勢判断は自分の目でやりたかった。

「頼むぞ」

と言い置いて部屋を出た。


足早に廊下へ出て行く立花の後ろ姿を、(だいじょうぶそうだな)と胸をなで下ろす思いで見送っていた剛志は、

「行きましょう」

と声をかけられて振り向いた。

椅子から立ち上がろうとしていた外相が、ウッと顔をしかめたのを見て、急いで手を差しのべた。

「歩かれないほうがいいです」

「ここにいてもやれることはないわ。役所に戻ります」

凛《りん》と言った彼女は、大臣としての自分の立場を心得て、その指示を言っていたが。

「お聞きのとおり、立花が車の手配に参っております。しばらくお待ちください」

「もうしわけないけど、ここを出たいの」

大臣は言いつのる調子で主張してきた。

「この先を考えなくちゃならないのに、落ち着かないのよ」

という訴えに、（外も似たような騒ぎですが）と言おうとして、やめた。彼女にもそんなことはわかっている。たぶん広い空の下の空気を吸いたいのだ。

「痛められたのは右足ですか」

「ええ、そう。軽いねんざよ。肩を貸して」

見下ろした大臣を身長百五十五と計測しながら、剛志は代案を具申した。

「自分としては抱えていくほうが楽ですが」

外相は自分よりはるかに長身な剛志を見上げ、しかたなさそうに「そうね」とうなずいた。

「体重は外交機密よ」

「了解です」

横抱えに抱き上げた外相は、慣れたようすで安定よく剛志の肩につかまってくれたので、搬送作業は楽だった。

「テラスから出ますが、よろしいですか？」

「ええ、けっこうよ」

外相にはショックな光景だろう瓦礫の堆積物を踏み越えて外へ出ると、ちょうど立花が大臣の専用車を誘導して、しずしずとバックさせてくるところだった。ナイスなタイミングだ。

車は後ろの窓に狙撃痕のようなヒビが入っているが、走行には差し支えないようだ。

車に乗り込むと、外相はホッとしたようすでシートにもたれ込んだ。

「大臣は外務省に戻られます」

という剛志の報告をうなずきで受理して、立花はてきぱきと指示を言ってきた。

「西條はお供しろ。僕は随行員達の安否を確認後、合流する」

「了解」

「まだほかの車を出せる状況じゃないから、便乗させていただけ」

「はい」

剛志は助手席に乗り込み、立花は誘導に立った。

公邸前のスペースは、やって来た救急車や出ていく救急車でいっぱいで、門の外はパトカーやマスコミの車が取り囲んでいる。

「公用車です、道を開けてください！　公用車が出ます、道を開けてください！」

車と車の隙間を縫ってのろのろと行くあいだに、何度もカメラのフラッシュを浴びた。

やっと道路に出られて車が走り出した時には、やれやれと思った。

だが、あとにしてきた現場では、まだ修羅場が続いているのだ。

「役所に連絡して」
と声がかかって、剛志は自動車電話の受話器を取り上げた。
《外務省、交換です》
「秘書室長を。こちら外務大臣付きSP」
《おつなぎします》
相手は飛びつく勢いで言ってきた。
《外務省秘書室です！》
「こちら大臣付きSP西條、大臣はアメリカ大使館を出られ、現在外務省に向かっておられます」
言ったとたん、電話の向こうで《大臣はご無事だ！》という叫びと歓声があがり、剛志は思わずニヤとしてしまった。
「もしも〜し、まだ続きがあるぞ」
《あ、はいはい！　しいっ、静かにっ！》
「大臣は右足首をねんざしておられるので、玄関前に車椅子を準備してください。三分ほどで到着されます」
《わかりましたっ。いやァ、ありがとう！》
剛志は受話器を置き、外相が言った。

「いま何時かしら。私の時計は壊れてるわ」

腕時計から読み取ったデータに軽い驚きを味わいながら、

「三時二分です」

と答えた。

事件が起きたのは午後二時ごろ。あれからまだたった一時間しかたっていないのだ。

だが、さらに驚いたのは、

「では四時の飛行機は無理ね」

という外相のつぶやき。

「行かれるおつもりだったんですか⁉」

思わず振り向いて聞き返した剛志に、気丈にもほどがある女性大臣は、

「だめね、まだ混乱しているわ」

と埃汚れでまだらになっているひたいを押さえた。

「犠牲者を確認して、ええ、そう、総理に報告、それから……そうよ、講演会どころじゃないわね。札幌のみなさんには、ほんとうにもうしわけないけど」

「大臣がご無事だっただけでも、奇跡的なラッキーだったんですよ⁉」

つい強い口調で言ってしまったら、

「ごめんなさい」

と謝られた。

「島木班長さんの安否もわからないのにね」

「俺達ＳＰはこれが任務ですから」

と返した言い方が、やり返しの調子になってしまったので、

「すみません」

と言い添えた。

「俺が言いたかったのは、九死に一生の命拾いをしたばっかりの人間は、仕事の心配なんか考えなくっていいだろうってことです。

お立場はわかりますし立派だとも思いますけど、なんか」

続けようとした言葉は、いささか不穏当かもしれないと思ってためらったが、

「せつないですよ」

と口から出てしまったので、

「男としちゃ」

まで言い終わらせた。

「それは一種の女性蔑視《べっし》よ」

という案の定の反撃が来た。

「そうかもしれませんが、大臣は女性にしか見えませんし、女性はか弱いもんだっていう刷り

込みが」

言いかけて、（違うな）と気づいた。

「発言を訂正します。『俺は、せつない』です」

「それはずいぶんと意味深長な発言だわ」

との切り返しはからかい口調だったので、

「片思い中の相手が、自分を大事にしてくれない人なんで」

という軽口で応じた。

「まあ」

と外相が言いかけたところで、車が目的地に着いた。


美晴が情報収集を終えたのは午後四時過ぎで、ただちに報告に向かった外務省では、地味な暗色のワンピースに着替えた大臣が、首を長くしていたようすで待ち構えていた。

「現在のところ、死亡者二名、重体一名、重軽傷者が合わせて六名です。

死亡した二名は、大使秘書官アーノルド・ストライサンド氏と、外務省総務課長補佐・田川《たがわ》仲彦《のぶひこ》氏。

重傷者は大使秘書官メアリーアン・マックレア氏、大臣秘書・飯塚《いいづか》勝《まさる》氏、外務省極東局次長・酒田《さかた》一葉《かずは》氏の三名。

軽傷の三名は、ジョージ・フラミング駐日アメリカ大使、外務省極東局極東部長補佐・佐治《さじ》清春《きよはる》氏、同文化交流課長・川口朋子《かわぐちともこ》氏です。それぞれの搬送先は秘書室長に伝えておきます」

「重体は誰？」

という外相からの聞き質《ただ》しは、予想していたことでもあり、意外でもあった。

重体者がいるという報告を聞き漏《も》らす女史ではないが、美晴が報告を飛ばした時点で推測がついただろうし、ふつうはSPの安否など黙殺するものだからだ。

だが諫山外相は報告を求め、美晴は要請に従った。

「警視庁SP島木徹《とおる》警部です」

「容態は？」

と外相は聞いてきた。

「頭蓋骨《ずがいこつ》陥没による意識不明の重体です」

「……快復を祈ります」

外相の言葉には真摯《しんし》な思いがあふれていて、美晴は胸が熱くなるのを覚えた。

「報告は以上です」

「ありがとう。ところで、あなたは診察は受けたの？」

それはまったく予想外の質問で、

「いえ、まだ」

と素の返事で答えた美晴を、外相はジロッと睨んできた。

「私とあなたを入れて、軽傷は五名。いますぐ医務室に行って、そのおでこの傷以外に異状はないか診察してもらいなさい。結果は今日中に、診断書を添えて報告すること」

「はい」

と答えた声に、(大袈裟《おおげさ》な)と感じた思いが出ていたらしく、

「いいわね!?」

と念を押された。

「明日からしばらく私のスケジュールは鮨詰《すしづ》めになる。亡くなった方への弔問《ちょうもん》、負傷した人達のお見舞い、事後処理、国会の準備エトセトラで、たぶん倍増しに忙しくなるわ。

そして私は、あなたを私の騎士長に任命してくれるよう、あなたの係長に要望したいのだけれど、自覚なしの怪我を負っていて何日後かに突然ポックリ殉職、なんて事態はごめんだわ。

今月末からのヨーロッパ歴訪には、ぜひ優秀で気が利くSPについてほしいけど、それ以前に、身体健全で安心してこき使える人材というのが第一条件ですしね。

よって、老婆心だなどと軽く考えず、いますぐ病院に行って診察を受けてくること。

警護係長には六時まで待ってもらうけど、連絡が間に合わなかった場合は、明日はあなたには外れてもらうわ」

「わかりました」

と拝命して大臣室を出た美晴の口元がゆるんでいたのは、警護班長を任せたいという抜擢《ばってき》に喜んでいたというより、諫山禎子という敬愛すべき人物の信頼を得たことがうれしかったからだ。

部屋の外で待機中の佐藤と剛志に、大臣の命令で診察を受けに行ってくる旨を伝達し、エレベーターに向かった。

今夜は大臣は徹夜かもしれず、大臣を官舎に送り届けるまでが仕事のＳＰは、徹夜につき合うことになる。

（病院のついでに寮に戻って、服を着替えてこよう）

白っぽく汚れてしまっているブラックスーツは、クリーニングに出すほかない。

エレベーターの中で、

（外相付き班長として外遊に随行するなら、副班長には西條が欲しいな）

と考えた。

アル・イシュタバでの反クーデターゲリラとして活動した経験が、あの男を大きく育てていた。あれは使える。

医者の診断はシロと出て、その晩のうちに美晴は、島木に代わる外務大臣付き身辺警護班長に任命され、剛志も引き続き班員に残ったが、副班長は佐藤ということになった。

佐藤よりずっと後輩であるうえに、減給処分中でもある剛志を、佐藤の頭越しに責任ある立場につけるわけには行かないからだ。

もっとも、実際にはそれが好都合となった。

四人態勢を確保するために、あらたに山下《やました》警部補をくわえた陣容は、長と副がそれぞれにパートナーを持つというチーム割りになり、美晴はほぼ自動的に剛志と組むことになったからだ。

そうした割り振り結果に、剛志は手放しで大喜びをした。

「いやァ、よかった！　これで仕事あるかぎり昼も夜も一緒ですね！」

という喜びの弁に、「仕事中はな」と釘を刺したのは、よけいだったかもしれない。

「俺は、仕事がない時も、とくに『夜』とかは常時ご一緒したいですけどねェ」

などとふざけさせてしまった。

「それにしても、もしもチーム割りがジャンケンにでもなるならと思って、気が気じゃなかったんですよ。俺はジャンケンも強いですけど、やっぱ運が働きますからね」

「馬鹿者。大事なチーム割りをジャンケンで決めるなんてことが、あるはずないだろう」

美晴は言ってやり、剛志はさらに舞い上がった。

「じゃあ美晴さんが自分で、俺をパートナーに選んでくれたってわけですね!?　それって美晴さんも俺のことを！」

勢い込んで言いかけたセリフの先を、

「身体頑健で僕の酷使に耐えられると判断したからだ！」

とさえぎって、美晴はガミガミと続けた。

「上司を名前で呼ぶな！　公私混同するな！　僕がきみをパートナーに選抜したのは、あくまでも仕事上の信頼性を判断した結果だ！　それ以上の理由はない！」

美晴の叱責を、剛志はまったく歯牙《しが》にかけていないと見えるヘラヘラ笑いで受け取り、美晴はカッとなって横っ面を張り飛ばそうとしたが、振り上げた手はつかみ止められた。

「放せっ、ふざけるな！」

と怒鳴ったのは、トレーニング不足の現状では腕力は剛志のほうが上だという事実に、危機感を覚えたからだ。

下手をすると押し倒される。押し倒されてそうしたことになってしまったら、あとはもう、なし崩しだ。それは困る。

「すいません、でも立花さんの平手は効くんで」

美晴の手首をつかんだまま、剛志がもうしわけなさそうに言った。

「顔に青あざ作ったせいで外相付きから降ろされたりしたら、俺は泣いても泣ききれません」

それから、まじめな顔でつけくわえた。

「それと、俺がついニヤケちまったのは、仕事面だけにしろ立花さんの信頼をもらえたってのが、超うれしかったからです。」

期待を裏切らないように頑張りますので、よろしくお願いします」

「わかったから、手を放せ」

「あ、どうも」

剛志はいかにも放したくなさそうに指をほどき、美晴の胸の中で悪戯虫《いたずら》がささやいた。

それはどうかとも思ったが、美晴はそそのかしに乗った。自分で感じていた以上に、西條剛志という男を気に入っていたのかもしれない。

放された手をすっと差し出してやると、剛志はあからさまに戸惑い、だがすぐに美晴の意図を悟って、なんと耳まで赤くなった。

「や、あの」

とかなんとかモゴモゴ言いながら、握手を求めてやった美晴の手を取り、

「は、初めてですね。手、握らせてもらうなんて」

と口ごもった。

「変な言い方をするな」

と握らせた手を取り返そうとしたら、なおさらぎゅっと握られた。

「すいません、あと一秒だけこの感激を」

「もう過ぎたぞ」

「じゃあ、あの」

言った剛志がすっと腰を折った意味を、美晴は握られた手にくちづけされるまで悟れなかった。

「なっ！」

とっさに手を振り払った美晴に、剛志はまじめくさった顔を上げ、

「石けんの匂いです」

とヤニ下がった。

「馬鹿者！」

こんどこそ頬げたに平手打ちをヒットさせて、美晴はカンカンの体《てい》でドアへと突進した。

憤懣《ふんまん》の元は、手の甲に触れた唇の感触が、一瞬ぞくっと走らせた性的興奮。

「そんな怒らなくってもォ」

と言ってきた剛志の声が笑っていたことで、さらに立腹が増した。

(誰がきみなんかに捕まってやるか！　冗談じゃない！)

パートナーシップの打ち合わせのために二人で来ていた会議室のドアを、思いきりたたき閉めた美晴だったが、自分の頭の中にチーム割りを変更しようという考えが浮かばない矛盾には気づかなかった。

ドアの向こうでは、美晴の激怒ぶりにパートナーを解消される可能性ありと気がついた剛志が、いまさら遅い後悔に青ざめていたのだが……

あきらかに交わりつつ微妙にすれ違う二人の仲が、この先どうなっていくのかは、運命をつかさどる天使のさじ加減一つというところかもしれない。

あとがき

こんにちは、秋月《あきづき》です。

砂漠の国での死線をやっとこさくぐり抜けて帰ってきたら、すぐに仕事ではたまたさっそくまた一難……美晴と剛志の身辺に平和はないのか!? と言いたくなる《要人警護》ワールドですが、ご感想はいかがだったでしょうか。

『外交手腕』ではハジシ翁《おう》がけっこうお気に入り、『駆け引きのルール』では新外務大臣の諫山女史に敬愛の念を寄せている秋月ですが、この二人にはイメージモデルがいます。

翁のほうは、何かの映画に出てきたイスラムの老家長を思い浮かべながら書いてましたし、諫山外相のほうは、第一次小泉内閣の外務大臣職をお断わりになられて秋月を唸らせた、あの方だったりします。

といっても、もちろんあくまでもイメージモデルでありまして、ことに諫山女史のほうは、こういう方なんじゃないだろうかという、まったく根も葉もない秋月の想像をもとにして描いておりますので、くれぐれも誤解のなきよう。（当時は、ぜひ外相の座についていただきたかったと思ったものですが、いまから思えばお蹴りになられて正解でした。キャリアを生かされたいい仕事なんて、やれない環境が整い過ぎ！）

さて、そんな《要人警護》ワールドの中で、どうやら徐々に剛志くんとの距離を引き寄せられている美晴氏ですが、この次のお話の中でとんでもないミスを犯します。そのミスとはうふふっ、次巻を読んでのお楽しみ♥　待てない人は『小説Ｃｈａｒａ』のバックナンバーを手に入れよう！　なァんて、煽《あお》り過ぎ？

わたしは基本的に美晴の味方なので、美晴の幸せのためにこれまで、アホで本能忠実なケダモノ男・西條剛志の養育を頑張ってきました。その甲斐あって、剛志はまあまあ頼れるタフガイに育ってくれたと思ってるんですが、こんどは美晴のほうに問題が……

彼ってもともと理系頭脳の理智派のうえに、危機管理のプロという職業柄プラス経験によって、『つねに最悪の場合を想定する』筋金入りのペシミストに鍛え上げられてるもんで、恋愛感情に目隠しされてうかうかと将来への『希望的観測』に浸りこむ、なんてお幸せな自分騙しはできなくなっちゃってるんですよ。

そんな美晴が、明日にも自分の目の前で殉職して永遠に消え去るかもしれない同僚・剛志を、相手が存在することを無二の幸せとする『恋愛』の対象として受け入れられるかどうか……

この、いわゆる一つの極限状態にある二人の関係を、ご都合主義に落ちず、かつ真の幸福に裏打ちされた成就へと導けますよう、どうか皆さん、気合を入れて祈ってやってください。

今後の展開は、あなたの応援パワーの強力さ次第！　マジで、なにとぞヨロシク。

この本を読んでのご意見、ご感想を編集部までお寄せください。

《あて先》〒105－8055　東京都港区芝大門2－2－1　徳間書店　キャラ編集部気付
「秋月こお先生」「緋色れーいち先生」係

■初出一覧
外交手腕……小説Chara Vol.8(2003年7月号増刊)
駆け引きのルール……小説Chara Vol.9(2004年1月号増刊)

2004年10月31日　初刷

著　者　秋月こお
発行者　市川英子
発行所　株式会社徳間書店
〒105-8055 東京都港区芝大門2-2-1
電話03-5403-4324(販売管理部)
03-5403-4348(編集部)
振替00140-0-44392

Chara
駆け引きのルール
…………【キャラ文庫】

印刷・製本　図書印刷株式会社
カバー・口絵　近代美術株式会社
デザイン　海老原秀幸

ISBN4-19-900323-1

好評発売中

秋月こおの本

【要人警護】

イラスト◆緋色れーいち

警視庁勤務の立花《たちばな》美《み》晴《はる》は、クールな美貌の凄腕SP。政府高官や来日VIPの身辺警護が仕事だ。今回の美晴の任務は、アラブの王族の青年外相の護衛。同時に新人SPの教育係も任されてしまう。ところがその自信過剰な年下の男・西條《さいじよう》剛《ごう》志《し》は、なんと元恋人の弟だった!! 精悍な顔立ちも仕草も、別れた男によく似た剛志に、美晴は一目惚れされて!? 恋と任務のデッドヒートLOVE。

好評発売中

秋月こおの本

要人警護2

【特命外交官】

イラスト◆緋色れーいち

クーデターで国を追われたアラブの青年王が、極秘で来日!! その身辺警護を任されたのは、有能で美貌のSP・立花《たちばな》美《み》晴《はる》。二人はかつて短い灼熱の恋に溺れていた──。美晴に片想い中の新人SP・西條《さいじょう》剛《ごう》志《し》は、手強い恋敵《ライバル》アッジール王の登場に、嫉妬と焦燥を隠せない。ところがある日、政権奪還を狙う王は、美晴を特命外交官に任命し、突然帰国すると言い出して…!? デッドヒートLOVE。

ALL読みきり
小説誌

［キャラ］
小説Chara

キャラ増刊

［要人警護］シリーズ新作
［シークレット・ダンジョン］
秋月こお
CUT◆緋色れーいち

［その指だけが知っている］最新作
［くすり指は沈黙する］
神奈木智
CUT◆小田切ほたる

本誌初登場
愁堂れな
［やさしく支配して］
CUT◆香雨

剛しいら
［色重ね］
CUT◆高口里純

····スペシャル執筆陣····

池戸裕子　佐々木禎子　篁釉以子

［くちびるに銀の弾丸］番外編をまんが化！　原作 秀香穂里＆作画 祭河ななを

エッセイ 金丸マキ　菅野 彰　高永ひなこ　高久尚子　遠野春日 etc.

5月＆11月22日発売

投稿小説★大募集

『楽しい』『感動的な』『心に残る』『新しい』小説――

みなさんが本当に読みたいと思っているのは、どんな物語ですか？　みずみずしい感覚の小説をお待ちしています！

•応募きまり•

[応募資格]

商業誌に未発表のオリジナル作品であれば、制限はありません。他社でデビューしている方でもOKです。

[枚数／書式]

20字×20行で50～100枚程度。手書きは不可です。原稿は全て縦書きにして下さい。また、800字前後の粗筋紹介をつけて下さい。

[注意]

①原稿はクリップなどで右上を綴じ、各ページに通し番号を入れて下さい。また、次の事柄を１枚目に明記して下さい。
（作品タイトル、総枚数、投稿日、ペンネーム、本名、住所、電話番号、職業・学校名、年齢、投稿・受賞歴）
②原稿は返却しませんので、必要な方はコピーをとって下さい。
③締め切りは特別に定めません。採用の方にのみ、原稿到着から３ヶ月以内に編集部から連絡させていただきます。また、有望な方には編集部からの講評をお送りします。
④選考についての電話でのお問い合わせは受け付けできませんので、ご遠慮下さい。

[あて先]　〒105-8055 東京都港区芝大門2-2-1
徳間書店 Chara編集部 投稿小説係

投稿イラスト★大募集

キャラ文庫を読んで、イメージが浮かんだシーンをイラストにしてお送り下さい。キャラ文庫、『Chara』『Chara Selection』『小説Chara』などで活躍してみませんか？

•応募きまり•

[応募資格]

応募資格はいっさい問いません。マンガ家&イラストレーターとしてデビューしている方でもOKです。

[枚数／内容]

①イラストの対象となる小説は『キャラ文庫』か『Chara、Chara Selection、小説Charaにこれまで掲載された小説』に限ります。既存のイラストの模写ではなく、あなたのオリジナルなイメージで仕上げて下さい。

②カラーイラスト1点、モノクロイラスト3点の合計4点。カラーは作品全体のイメージを。モノクロは背景やキャラクターの動きの分かるシーンを選ぶこと（裏にそのシーンのページ数を明記）。

③用紙サイズはA4以内。使用画材は自由。

[注意]

①カラーイラストの裏に、次の内容を明記して下さい。
（小説タイトル、投稿日、ペンネーム、本名、住所、電話番号、職業・学校名、年齢、投稿・受賞歴、返却の要・不要）

②原稿返却希望の方は、切手を貼った返却用封筒を同封して下さい。封筒のない原稿は編集部で処分します。返却は応募から1カ月前後。

③締め切りは特別に定めません。採用の方にのみ、編集部から連絡させていただきます。また、有望な方には編集部から講評をお送りします。選考結果の電話でのお問い合わせはご遠慮下さい。

[あて先]

〒105-8055 東京都港区芝大門2-2-1
徳間書店 Chara編集部 イラスト募集係